AF193223

LA VIGILANTE DEL MAR

ExLibric

ADÁN FUENTEVILLA

LA VIGILANTE DEL MAR

EXLIBRIC

ANTEQUERA 2026

LA VIGILANTE DEL MAR
© Adán Fuentevilla
Diseño de portada: Dpto. de Diseño Gráfico Exlibric

Iª edición

© ExLibric, 2026.

Editado por: ExLibric
c/ Cueva de Viera, 2, Local 3
Centro Negocios CADI
29200 Antequera (Málaga)
Teléfono: 952 70 60 04
Fax: 952 84 55 03
Correo electrónico: exlibric@exlibric.com
Internet: www.exlibric.com

Reservados todos los derechos de publicación en cualquier idioma.

Cualquier forma de reproducción, distribución, comunicación pública o transformación de esta obra solo puede ser realizada con la autorización de sus titulares, salvo excepción prevista por la ley. Diríjase a CEDRO (Centro Español de Derechos Reprográficos) si necesita fotocopiar o escanear algún fragmento de esta obra (www.cedro.org).

Según el Código Penal, el contenido está protegido por la ley vigente que establece penas de prisión y/o multas a quienes intencionadamente reprodujeren o plagiaren, en todo o en parte, una obra literaria, artística o científica.

ISBN: 979-13-88079-62-7
Depósito Legal: MA 73-2026

Impresión: PODiPrint
Impreso en Andalucía – España

Nota de la editorial: ExLibric pertenece a Innovación y Cualificación S. L.

ADÁN FUENTEVILLA

LA VIGILANTE DEL MAR

Prólogo

Desafortunadamente, el ser humano suele prejuzgar a otras personas a primera vista. Cuando se da el caso de que sea una persona con discapacidad, se tiende a pensar que siempre va a necesitar ayuda, y eso es un error.

1

La gran captura

El barco de exploración Tubor, de sesenta y ocho metros de eslora y diez metros y medio de manga, había abandonado el puerto de Cádiz y se dirigía rumbo hacia la isla de Martinica. Se trataba del barco más avanzado tecnológicamente del mundo, en cuanto a exploración marina se refiere. Al mando se encontraba el capitán Guinea, de origen sudafricano, quien dirigía esta expedición para realizar estudios sobre ciertos tipos de corales invasivos en algunos arrecifes marinos del Caribe. Al parecer, un prestigioso instituto oceanográfico había realizado un detallado estudio en el que demostraba que ciertas especies exóticas de corales podían llegar a suplantar a otras especies locales y nativas, lo cual podría dañar a los arrecifes y causar modificaciones substanciales en la cadena alimentaria del ecosistema marino. Según los informes previos recibidos ya existían algunas áreas en las que estas invasiones habían resultado demasiado agresivas. Y era de vital importancia el poder obtener más datos para cuantificar lo que ocurría en determinadas zonas marinas.

El viaje transcurrió tal y como estaba previsto durante la mayor parte del océano Atlántico. Todo fue con normalidad hasta que detectaron a otro barco explorador, del mismo gremio y similar actividad, concretamente, en las coordenadas 14° 33' 29,4'' N 60° 36' 23,9'' W. Esta localización estaba a menos de treinta kilómetros de la costa de Martinica, por lo que lo lógico sería pensar que este barco estaría bordeando la isla para poder dirigirse a otro destino. Sin embargo, el registro de los movimientos de ese barco parecía mostrar como si, por algún extraño motivo, estuviera buscando algo alrededor, porque viraba en círculos y hacía giros inesperados. La escena recordaba a ese momento en el que a una persona se le extravía algo y se pone a buscarlo por el suelo, aunque realmente no sepa dónde lo ha perdido. Esto podría ocurrir cuando hubiera caído un hombre, o mujer, al agua.

En este caso, se trataba del barco de exploración Nantor, de sesenta y cinco metros de eslora y diez metros de manga, que era el barco más tecnológico de todo el Caribe y que procedía de PortMiami, localizado en la bahía Vizcaína. Al mando se encontraba el capitán Hitch, de origen danés, quien había dirigido numerosas expediciones por todo el mundo. En cuanto los dos barcos estuvieron lo suficientemente cerca el uno del otro, ambos capitanes comenzaron a tener una conversación bastante inusual.

—¡Buenas tardes! Le habla el capitán Hitch desde el Nantor, ¿estoy hablando con el capitán del barco?

—¡Buenas tardes! Soy Guinea, capitán del Tubor.

—Acabamos de captar en nuestro sonar a un pez que es capaz de alcanzar los ochenta y un nudos. Al parecer, está nadando alrededor de nosotros, y ahora mismo se dirige hacia su barco.

»Nuestro equipo de rastreo más sofisticado, un dron volador, está intentando seguirlo; pero resulta imposible.

—Disculpe, capitán Hitch —dijo el capitán Guinea sonriendo—, pero lo que dice no es posible. No existe ningún pez que pueda sobrepasar los 80 nudos, ya que estaríamos hablando de ciento cincuenta kilómetros hora. Deben de tener mal algún instrumento.

—¿Sería tan amable de realizar usted la medición? —dijo el capitán Hitch con cierta ironía—. De esta forma, podríamos verificar si usted tiene razón y si nosotros estamos equivocados en nuestras mediciones.

La tripulación del Tubor oyó la conversación y, cómo es lógico, comenzaron a reírse. Esto es debido a que los peces más rápidos no superan los ciento treinta kilómetros hora en la superficie, por lo que es imposible que otro lo consiga a profundidades mayores de los trescientos metros por debajo del nivel del mar.

—¡Mike! —dijo el capitán Guinea—. ¡Realice la medida de velocidad del pez «Usain Bolt»!

Las risas no se hicieron esperar debido a la comparación con Usain Bolt, que era el ser humano más rápido en correr los cien y los doscientos metros lisos hasta la fecha; pero el escenario cambió en cuanto comenzaron a llegar las mediciones de velocidad de ese «superpez», el cual media cerca de cuatro metros.

—¡Señor! —dijo Mike—. No se va a creer esto. Ese pez, lo crea o no, está alcanzando velocidades de ochenta y uno y ochenta y dos nudos por hora, a quinientos metros de profundidad.

El rostro del capitán Guinea se transformó por completo. Aquello que estaba diciendo Mike era totalmente inverosímil. Carecía de sentido y se escapaba a su comprensión. Por ello, todos los presentes comenzaron a poner atención al medidor de velocidad, comenzando a estar claramente impresionados por el increíble hallazgo.

—¡No digas sandeces! —dijo el capitán Guinea—. Lo más probable es que eso no sea un pez, sino algún dron marino de defensa que esté jugando con nosotros.

—¡Capitán! —dijo Mike—. Acabamos de detectar otro barco y el pez «Usain Bolt» se dirige hacia él a gran velocidad.

Efectivamente, a unos diez kilómetros del Cap Ferré se encontraba el barco Clarissa Marie, de veinticinco metros de eslora y seis con treinta metros de manga. Se trataba de un barco pesquero modificado para poder ser utilizado por buceadores en busca de tesoros marinos. La reforma de este tipo de barcos de pesca resulta más económica que un barco explorador, incluso por mucho dinero; pero tiene el inconveniente de ser menos eficiente en aguas profundas. El dueño se llamaba Antoine Dupont, de origen francés, quien era el único tripulante a bordo. Este capitán francés navegaba en dirección hacia el arrecife del Loup-Garou, en medio de un mar tranquilo y bajo la más profunda paz; hasta que recibió la llamada por la emisora.

—¡Buenos días! Le habla el capitán Guinea, comandante del Tubor.

—¡Buenos días! Le habla el capitán Dupont, del Clarissa Marie.

—Ahora mismo, se dirige un pez hacia usted de unos cuatro metros a una velocidad, créaselo o no, de ochenta y dos nudos —dijo el capitán Hitch.

—¡Eso es imposible! —dijo Antoine—. ¡No se ría de mí!

Sin pensarlo dos veces, Antoine colgó la emisora y salió a la cubierta del barco, contemplando con sus prismáticos que en el mar había dos enormes barcos exploradores que se dirigían hacia él. Sin embargo, en la superficie no se vislumbraba ningún pez, por lo que pensó que sería algún submarino u otro equipo sumergible que estarían probando. No le dio más importancia y se volvió a la cabina.

En apenas dos minutos después, algo golpeó al barco, causando el vaivén de este. Era evidente que algún pez había impactado contra el casco del Clarissa Marie.

Inmediatamente, salió a la cubierta con cierta preocupación, pero no vio nada allí. Dio una vuelta de rigor revisando cada parte del barco, pero no había ningún pez alrededor del barco: ni por babor ni por estribor. Por si acaso, se asomó por la borda, a ver si podía ver algo por allí; pero no había rastros de ningún pez. Sin haber visto nada, se dirigió a la cabina del barco para informar a los capitanes de los barcos de investigación. Antes de decir nada, esta vez, fue el capitán Hitch el que se adelantó y llamó a Antoine.

—¡Buenos días! Le habla el capitán Hitch, del Nantor. Acabamos de ver como el pez se esconde debajo de su embarcación.

—¡Buenos días! Le habla Antoine, del Clarissa Marie.

»Acabo de notar el impacto en el barco, pero no he visto ningún pez ni en la cubierta ni en el mar. Por el impacto tan fuerte, diría que el pez es más grande que lo que usted indica.

»Me refiero a que el impacto ha sido cómo si me hubiera chocado una ballena jorobada.

—¿Sería tan amable de parar los motores y dejar que nuestros buzos echen un vistazo alrededor del barco? —dijo el capitán Hitch—. Ese ejemplar es único, ¡nunca hemos visto nada igual!

Antoine no tenía prisa, por lo que optó por parar el motor y echar el ancla. Además, la curiosidad por conocer a semejante pez resultaba irresistible. Aquello era algo inaudito y sobrepasaba todo lo conocido hasta el momento. La idea de buscar un pez extraño que se desplaza a gran velocidad le recordaba al increíble Nautilus del capitán Nemo, por lo que su intuición también le conducía a pensar que el superpez no sería más que un equipo autónomo de navegación submarina, pero con gran potencia. Por ejemplo, en el caso del Nautilus se hablaba de un pez enorme que, en tres días había recorrido más de setecientas leguas marinas, es decir, un total de tres mil ochocientos ochenta y nueve con dos kilómetros: unos cincuenta y cinco kilómetros hora, que era una velocidad demasiado alta para el tipo de ballena que esperaban encontrar. Cuando los límites físicos de algunos seres son tan exagerados y se encuentran tan fuera de los rangos, en muchas ocasiones, viene a significar que se trata de otro ser diferente a lo que uno está buscando. Eso no podía ser un pez normal, ¡al menos no a esas velocidades tan elevadas!

Los barcos exploradores, por su parte, también pararon y lanzaron unas lanchas con buceadores que se dirigieron hacia el Clarissa Marie. Pasó una hora, pero los buceadores no encontraron nada de nada, ni siquiera con los vehículos operados remotamente que permiten bajar a grandes profundidades. Sin otra alternativa mejor, todos los equipos se subieron a la lancha y se volvieron resignados para los dos barcos.

—¡Nos vamos! —dijo el capitán Guinea por la emisora—. El dichoso pez ha desaparecido milagrosamente de nuestro radar y se encuentra escondido bajo su barco. Probablemente, se haya escondido en alguna cueva en las profundidades.

—El único acompañante que hay en su barco es una mujer desnuda —dijo el capitán Hitch frustrado—. ¡Espero que disfrute su tiempo con ella! ¡Nosotros no tenemos ninguna aquí!

Antoine se extrañó mucho por ese comentario absurdo, porque su mujer había fallecido el año anterior y viajaba solo, además. No le dio más importancia. Lo más probable era que el capitán se refiriese al barco, debido a su nombre de mujer.

—Primero me hablan de un superpez que nada a ochenta y dos nudos —dijo Antoine riéndose a ambos barcos—. Después me hablan de mi mujer en mi barco, que, desafortunadamente, falleció el año pasado. ¡Están viendo fantasmas! ¡Creo que pasan demasiado tiempo en el mar y tienen que dedicar más tiempo a pasear por la tierra firme!

No hubo respuesta ni por el Nantor ni por el Tubor.

Aparentemente, parecía que los buzos se habían ido, pero, sin embargo, los barcos decidieron pasar todo el día allí para monitorizar el Clarissa Marie y los alrededores. Es cierto que Antoine no tenía pensado pasar la tarde allí, pero observó cómo los barcos no cesaban en su búsqueda. Comenzaron a desplegar drones subacuáticos y otro tipo de vehículos operados remotamente. Desde el propio sonar del Clarissa Marie se podía observar el movimiento de todos estos sofisticados equipos que rondaban alrededor y debajo del barco. Era todo un espectáculo ver moverse a todos esos equipos juntos, emitiendo luces extrañas en las inmediaciones del barco.

—El sonar no ha detectado ningún movimiento después de que impactara contra ese barco —dijo el capitán Hitch al capitán Guinea—. Está claro que no se ha podido quedar en ese barco, pero podemos asegurar que tampoco se ha movido de debajo de él. Debe de estar encuevado o escondido ahí abajo.

—Opino lo mismo —respondió el capitán Guinea—. Pero tengo serias dudas de que eso sea un pez normal. Me da la sensación de que es un pez robot o algún tipo de equipo submarino de control remoto.

—El marinero Lafuente ha visto que era un pez—dijo Hitch mientras señalaba con el dedo al vigilante—, aunque eso sí, con un tipo de cuerpo diferente.

Durante toda la tarde se pudieron a contemplar a varios representantes de la fauna marina de Martinica: barracudas, delfines, rayas y mantas. A última hora de la tarde apareció una tortuga, que, desafortunadamente, estaba en peligro de extinción, mostrándose en la superficie del mar por babor.

Esta última aparición resultó muy divertida para Antoine, ya que fue un momento divertido que aprovechó para reírse de los buscadores de fantasmas.

—Aquí estoy viendo al superpez de cuatro metros —dijo Antoine, creando una voz de comentarista de fútbol—. Está localizado a babor del barco. ¡Es el pez «Usain Bolt»!

Inmediatamente, todos los equipos de vigilancia comenzaron a subir de las profundidades y se dirigieron hacia la superficie donde estaba el Clarissa Marie. El problema vino cuando la tortuga se vio rodeada de algunas cámaras sumergibles, se alteró y acabó mordiendo una. Antoine lloraba de la risa mientras veía el lamentable espectáculo.

Esta tortuga era de la especie laúd, la cual es la tortuga más grande del mundo: mide más de dos metros y pesa más de seiscientos kilos. Su alimento principal es la medusa y las algas marinas, pero también puede comer otros seres marinos: peces, crustáceos, calamares y erizos de mar. A diferencia de otras tortugas, su caparazón está formado por una suave curva que confiere al animal una apariencia semicilíndrica. Esta forma es la que se asocia al instrumento musical laúd, que es un instrumento de cuerda pulsada, cuyo origen se remonta a la Edad Media. A simple vista, lo primero que haría un ser humano, sería verla nadar a una velocidad muy lenta, llegando a la conclusión de que no debiera de tener la capacidad de realizar grandes distancias. Al contrario, esta especie de tortuga se desplaza desde las aguas tropicales hacia las aguas polares siguiendo la corriente del Golfo, orientándose gracias al campo magnético. ¡Viaja miles de kilómetros!

En apenas unos minutos aparecieron más tortugas y empezaron a «dañarse» más equipos de vigilancia subacuática. Al no encontrar nada, tanto el capitán Hitch como el capitán Guinea decidieron retirar todos sus equipos de monitorización, antes de que las tortugas siguieran con su particular guerra antitecnológica.

Una hora después, ambos barcos, con la resignación de sus capitanes, procedieron a levantar anclas y retomaron su ruta con un sabor a derrota que pocas veces habían tenido.

Una vez que los barcos se habían marchado, comenzó a vislumbrarse el atardecer típico que suele haber en este tipo de islas de las Antillas Menores. En primer lugar, el poderoso sol va desapareciendo, reduciendo su fuerza, pero mientras tanto, pintando el cielo de dos colores: amarillento, que acompaña al sol hasta el final de su viaje y el color azul oscuro del cielo, que parece ser quien lo empuja para dar paso a la noche. Llega un momento en el que el sol desaparece en el horizonte, comenzando a aparecer colores rojizos y violetas. Cuando hay nubes, también existen reflexiones de luz en ellas, creando impredecibles figuras de colores en el cielo.

El atardecer en el mar era el momento en que Antoine recordaba a su mujer, Clarissa Marie, porque era una costumbre que tenían cuando navegaban juntos en busca de tesoros. De alguna forma, aquello era un recuerdo imborrable para él. En esos instantes, Antoine cerraba los ojos y era capaz de recordar cada momento en los que se sentaban juntos mirando al mar mientras tomaban un café, cuyo origen dependía del último lugar que hubieran decidido visitar. Toda la conversación se centraba íntegramente en contar todo lo que había sucedido durante el día y lo que se haría al día siguiente.

Antoine no era un novato de la mar, que es algo que quieren aprender algunas personas cuando se jubilan. Al contrario, Antoine fue capitán de la marina mercante de la compañía Avignon hasta los cincuenta y cinco años, que fue la edad cuando decidió jubilarse. Desde mucho tiempo atrás, él tenía claro que quería coger su yate y dedicarse a navegar por el mundo; pero al principio solamente viajaba por el mar Mediterráneo. Todo cambió cuando encontró a Clarissa Marie, la buceadora de treinta y cinco años que se había quedado sin trabajo por la suspensión de la exploración en la que estaban trabajando. Desafortunadamente, la vida del buceador se suele basar habitualmente en diferentes trabajos que no tienen por qué ocurrir de forma continua, por lo que su vida siempre podría considerarse como un vaivén.

Lo más bonito de esta historia de amor es que ellos, previamente, se conocieron en tierra, concretamente en el puerto de Valencia, España. Primero se gustaron y pasaron unas semanas juntos por la costa, disfrutando del caluroso verano español que tanto gusta a la gente del norte de Europa. Inevitablemente, Antoine no pudo evitar confesar a Clarissa Marie que su deseo sería el de navegar, a lo que ella le respondió que su deseo sería acompañarle a cualquier lugar. Juntos montaron su propia empresa de búsqueda de pecios; pero el destino de Clarissa Marie ya estaba escrito, y no iba a alcanzar la edad de jubilación de Antoine.

El triste viaje final de Clarissa Marie tuvo lugar cuando ambos se dirigían hacia Egipto. Un día antes de llegar al destino, no estando muy lejos del puerto más próximo, ella comenzó a sentirse demasiado mal. Antoine reaccionó rápido, llamando por emisora, por teléfono e incluso por el *walkie-talkie* que tenía en su cabina. Los sanitarios fueron a buscarla en helicóptero, los cuales la llevaron a un buen hospital de Alejandría; pero ella estaba sufriendo un letal ataque de cáncer que la había dañado levemente algunos órganos vitales. Duró un par de meses más en el hospital. Después falleció por un fallo multiorgánico. A partir de ese momento, el mundo se volvió solitario para Antoine. Ya no había nada bueno en él. En cuanto regresó a Francia, vendió su barco y compró uno nuevo, que era más pequeño, al cual bautizó como Clarissa Marie.

2

La tripulación del Clarissa Marie

Comenzó a hacerse de noche. En el cielo se podía contemplar la luna, la cual se encontraba casi llena. Después de un día de ajetreo, Antoine comenzaba a sentir el cansancio de su cuerpo. Significaba que ya era hora de ir a descansar a su tranquilo camarote. Previamente, se decidió por dar una vuelta por toda la cubierta para comprobar que todo estuviera en orden antes de irse a dormir. Su intuición le decía que el impacto que había sufrido escondía algo extraño que los barcos de exploración no supieron resolver. Algo no cuadraba, no tenía sentido nada de lo que le habían dicho.

A simple vista todo parecía estar bien en la cubierta, pero había una compuerta, de las dos que había para acceder a la antigua bodega, que estaba abierta; cuando debería de estar cerrada. Antaño, esta vieja bodega sirvió para almacenar toda la pesca obtenida. Ciertamente, Antoine no recordaba haberla abierto, por lo que fue a comprobar si se había dañado alguna cerradura defectuosa.

Al acercarse a la primera compuerta, se percató de que la cerradura estaba bien, pero, sin ningún motivo, había sido abierta. La segunda cerradura también estaba bien, pero se encontraba correctamente bloqueada. Por su propia tranquilidad, probó a abrir y cerrar ambas cerraduras, verificando que estuvieran bien, por si necesitasen reparación o sustitución en el peor caso.

Al ver que ambas estaban en buen estado, Antoine sintió en su interior un escalofrío: esa sensación de que aparece una sensación de inseguridad porque algo inesperado nos sobresalta. Su intuición le decía que había sido abierta manualmente, por lo que empezó a sospechar que alguien hubiera entrado allí deliberadamente. Lo más plausible era que alguien hubiera entrado a robar pescado mientras estuvo en el puerto —algo que no había en absoluto—, pero aun así tenía que comprobar que no hubiera nadie ahí abajo. En medio del anochecer, estando solo en el mar, no es algo que a cualquier persona le gustaría hacer.

Antoine suspiró y pensó durante, al menos, un minuto. Después, cogió una pistola, comprobó que estuviera cargada y se ajustó en su cabeza una linterna frontal. Se dirigió hacia la compuerta abierta y bajó por la escalera vertical de la bodega. Al acceder al fondo, comenzó a iluminar alrededor de todo el interior; pero no parecía que hubiera nadie: tan solo había allí algunas viejas cajas vacías de pescado. Avanzó hacia la popa del barco por el interior, avanzando muy despacio y en el más absoluto silencio, encontrándose en el fondo a una mujer desnuda que aparentemente estaba desfallecida.

—Así que tú eres la extraña mujer desnuda que habían visto los ojeadores de los barcos —dijo Antoine en voz baja mientras movía la iluminación sobre ella en medio de la oscuridad—. ¿Qué haces aquí desnuda?

Antoine le tomó el pulso y comprobó que su corazón latía, aunque bastante más lento de lo habitual. Se dio cuenta de que también respiraba de forma lenta, pero parecía estar durmiendo, como si estuviera en un estado letárgico. Al principio no sabía muy bien qué hacer, pero pronto se fijó en su débil aspecto, motivo por el cual optó por cogerla en brazos y llevarla hasta una cama que tenía en su camarote de invitados. Preparó las sábanas y la metió en la cama para que descansara; a pesar de su fuerte olor a pescado y salinidad del mar. Por último, y como buen anfitrión, Antoine la arropó con cariño y la dejó descansando.

En ese instante, Antoine recordó que todavía mantenía en uno de sus armarios algunos enseres de su difunta mujer. Había una vieja maleta de viaje en la que había ropa para cambiarse para un día o dos, que siempre viajaba en el barco. Por algún motivo, Antoine nunca la volvió a abrir, pero tampoco quiso deshacer la maleta y dejarla en su casa.

Allí habría algo de ropa interior y de vestir, tanto para él como para su difunta mujer; pero toda esa ropa se mantenía intacta, ya que ninguno la había estrenado: algunas prendas incluso poseían la etiqueta original de la venta. La siguiente cuestión era si la ropa de su difunta esposa le valdría a aquella misteriosa mujer, pero, a simple vista, era más delgada que Clarissa Marie, por lo que podría quedarle grande en el peor de los casos.

Con cuidado de no hacer demasiado ruido, Antoine volvió hacia el camarote para fijarse bien en las dimensiones físicas de la misteriosa invitada. Se dio cuenta de que esa mujer era de aspecto europeo, más concretamente presentaba unas características faciales típicas de mujeres italianas y griegas: cabello castaño con flequillo largo y ondulado, cejas gruesas y definidas, nariz prominente y curva, labios carnosos y curvos. Algo que le llamó la atención fue su cuerpo, ya que denotaba una extrema delgadez, como si sufriera algún problema en su capacidad física o motora. A simple vista, su edad sería de entre treinta a treinta y cinco años, un poco más joven que cuando conoció a su difunta mujer.

Afortunadamente, Antoine tenía un gran corazón y sentido del deber con los demás. De hecho, siempre lo había tenido. Por ello, decidió dejarla descansar allí, aun siendo consciente del olor fuerte a mar que emanaba del cuerpo de la misteriosa mujer. Pensó que, al día siguiente, él hablaría con las autoridades locales y todo se arreglaría.

Inevitablemente, le dio bastante pena ver a aquella mujer en ese estado: ella mostraba un estado lamentable y tenía el típico aspecto de no haber comido lo suficiente. Por eso, él sospechaba que ella se había escapado de alguna mafia en el puerto Débarcadère des pêcheurs, aprovechando alguna distracción de sus supuestos secuestradores para darse a la fuga e introducirse en el Clarissa Marie. Las mafias están en todos los lugares, no solamente en un puerto en concreto; pero este fue el último lugar en el que estuvo atracado el barco de Antoine, por lo que no podía haber sido en ningún otro lugar.

Al día siguiente, Antoine se despertó como siempre, pero esta vez, recordando la presencia de la nueva tripulante a bordo. Antes de hacerse su desayuno, algo que ya hacía por costumbre y no porque tuviera hambre, decidió ir a comprobar cómo se encontraba ella. Para ello, se acercó al camarote y tocó en la puerta un par de veces; pero nadie contestó, a pesar de que él había oído movimiento en su interior. Antoine dudó por un momento si abrir la puerta o seguir esperando, pero, finalmente, se decidió a entrar para chequear cómo se encontraba ella, porque tenía sentido que ella estuviera muy asustada y conmocionada.

—¡Buenos días! —dijo Antoine al entrar en la habitación.

La mujer no respondió, pero sí que tenía los ojos abiertos y estaba contemplando a Antoine. Su rostro mostraba miedo e incertidumbre.

—¡No te haré daño! —dijo Antoine mientras movía sus manos para intentar calmarla—. ¿Qué idioma hablas?

Ella intentó hablar, queriendo hacer sonidos con su boca, pero erraba al hacerlo. Mostraba un tipo de voz aguda, como la de una cantante soprano. Antoine dedicó un tiempo de espera para que ella fuera capaz de hablar, porque parecía como si ella se hubiera estado recuperando de alguna incapacidad de comunicarse. La reacción habitual de una persona muda es hacer gestos para que la otra persona comprenda que no va a llegar a hablar, pero en este caso era diferente, porque ella sí que sabía que podía llegar a hablar correctamente. Además, ella parecía comprender lo que él le estaba diciendo.

—¿Eres muda?

—¡No! —consiguió decir ella con la voz forzada.

—¡Tómate tu tiempo! —dijo Antoine indicando con sus brazos los típicos gestos de mostrar calma—. Voy a preparar un suculento desayuno, ¿quieres café, té, agua zumo?

—¡Café! —consiguió pronunciar con dificultad la mujer.

Con rostro de felicidad, Antoine se dirigió hacia la cocina para preparar el café. Poseía una cafetera italiana, la cual seguía funcionando a pesar de tener muchos años de antigüedad. Su cocina era como un viejo museo de objetos de veinte años atrás en el tiempo. Todas aquellas estanterías y cajones de la cocina guardaban innumerables recuerdos de viajes, pero que todavía podían ser utilizados en cualquier momento. De hecho, había algunas cosas que había comprado cuando era joven, como por ejemplo, un pelador de patatas especial o un molino de café antiguo.

Cuando Antoine volvió al camarote de la mujer, se dio cuenta de que ella ya se había puesto la ropa que él había dejado preparada en la cama. Básicamente, era un pantalón bermuda de color *beige* con bolsillos plastrón, en conjunto con una camiseta blanca de rayas negras y sin mangas.

Aparentemente, esa ropa le quedaba grande, pero bastante más amplia de lo esperado; pero era lo único que había allí de mujer que se pudiera poner. En el mar no hay ninguna tienda donde puedas comprar ropa personalizada.

Con cierta timidez, y también mucho respeto, Antoine se acercó con la cafetera italiana y le sirvió una pequeña taza en la que vertió un poco de café oscuro.

—Es café local —dijo Antoine mientras ponía algo de azúcar en el café— de Martinica. Te gustará.

Ella cogió la taza, pero parecía manifestar alguna dificultad en sus delicadas manos, porque era visible cómo le costaba mantenerla mientras bebía. Parecía que se encontraba demasiado débil. Como el gran caballero que era, Antoine le ayudó a mantener la taza mientras ella bebía.

—¿Cómo te llamas? —dijo Antoine mientras retiraba la taza de sus manos.

—Helena —dijo en voz baja.

—Yo me llamo Antoine Dupont. Ya veo que comprendes francés, ¿hablas otros idiomas?

—¡Sí! —dijo ella—. Hace mucho tiempo que no hablo con nadie —dijo con voz entrecortada.

—¿De dónde eres? —preguntó Antoine.

—De Grecia —dijo Helena con cierta dificultad—. Creo que ahora lo llamáis así.

—¿Cómo se llama tu madre? —preguntó Antoine para continuar la conversación de reconocimiento médico—. ¿Ella tiene un nombre griego también?

—Mi madre se llama Calíope —dijo Helena con dificultad, aunque mejorando un poco su voz—, que es la musa de la poesía.

—¿La hija de Zeus? —dijo Antoine con gesto de sorpresa.

—Así es —dijo Helena.

El rostro de Antoine cambió por completo. Esa chica estaba diciendo ser nieta del mismísimo Zeus, rey de los dioses de la mitología griega. No solamente tenía discapacidades físicas, sino que también las sufría mentalmente. La intuición de Antoine le llevaba a pensar que ella había sufrido algún trauma emocional y que ella necesitaba recibir terapia.

—¿Quieres salir a la cubierta del barco? —preguntó Antoine.

—¿Se han ido ya los barcos que venían a por mí? —dijo Helena preocupada.

—¿Eras tú el pez que se escondió de ellos? —dijo Antoine mientras sonreía.

—¡Sí! —dijo convencida Helena—. Estaba demasiado cansada para seguir nadando.

Antoine recapacitó. Pensó que ella no estaba bien de la cabeza, pero de todas formas accedió a demostrarle que los barcos ya se habían ido. La intentó levantar de la cama, pero ella se sostenía de pie con mucha dificultad, por lo que tuvo que cogerla en brazos y llevarla hasta la cubierta.

Después de conversar un rato con Antoine, Helena comenzó a mejorar un poco su voz y ya era capaz de hacer frases, aunque algo entrecortadas. No hablaba con la debida fluidez, pero era evidente que mejoraba según transcurría el tiempo.

—¿Ves? —dijo Antoine mientras estaban sentados en la cubierta—. No hay ningún barco.

—¡Gracias! —dijo Helena mientras mostraba una sonrisa—. Ya puedo devolverte la ropa y regresar al mar, que es donde debo de estar.

Ella comenzó a quitarse la ropa, pero Antoine intervino.

—¿Estás loca? ¡No puedes tirarte en medio del mar en tu estado! ¡Ni siquiera puedes mantenerte en pie!

—Déjame mostrarte algo —dijo Helena mientras se quitaba la ropa.

Ella dejó la ropa colocada en los brazos de Antoine y se lanzó al mar. Seguido, Antoine dejó rápidamente la ropa apoyada encima de la puerta de un compartimento y comenzó a quitarse la camisa para lanzarse al mar a por ella. Justo en el momento de tirarse, se percató de que allí no había ninguna humana. No había ninguna mujer nadando. En su lugar, había un pez de casi cuatro metros, pero con una cola mucho más sobredimensionada que la de un pez similar a su tamaño. La cabeza no tenía forma de pez, sino que presentaba ciertos parecidos de rasgos humanos, similar a una cabeza de un manatí.

—¡Eres una sirena! —dijo Antoine completamente impresionado.

Helena se sumergió unos metros para coger impulso para subir a gran velocidad y hacer un gran salto sobre el agua, cayendo sobre el interior del barco.

—¡Yo soy una sirena! —dijo Helena con dificultad—. Soy una de las vigilantes del mar.

Pasado un minuto, en el que Antoine se la quedó mirando, pero no dijo absolutamente nada, la sirena se secó y volvió a su forma humana. Mientras tanto, Antoine no salía de su asombro. Aquello resultaba difícil de asimilar. Él se echó las manos a la cabeza, pensando que él era que el que estaba teniendo alucinaciones, por lo que comenzó a sospechar que su café se encontraba en mal estado.

—¿Me ayudas a sentarme? —dijo Helena extendiendo sus brazos.

Él la ayudó a sentarse, le dejó una toalla para terminar de secarse y le pasó la ropa. Seguido, ella se vistió mientras le sonreía, porque ya conocía desde hacía muchos años la impresión que mostraban los humanos al presenciar tal descubrimiento divino.

—Yo soy Antoine Dupont. Este es el barco Clarissa Marie, que se llamó así en honor a mi difunta mujer, que falleció el año pasado de cáncer. Juntos nos dedicábamos a buscar tesoros en el mar, pero yo me fui haciendo mayor y, finalmente, solo quedó ella como buceadora. Desde que ella falleció, solo me dedico a navegar hasta que llegue mi hora.

—Tú me has ayudado —dijo Helena mientras Antoine le ayudaba a colocarse la ropa—. En agradecimiento, yo te ayudaré a encontrar uno de esos tesoros que buscas por aquí.

—¿Harías eso por mí? —dijo Antoine mientras lloraba de pasión.

Helena sonrió y le dio la mano. Antoine, por su parte, decidió darle un abrazo sincero, mientras sus lágrimas caían encima de ella. La esperanza había vuelto a florecer en él, como si eso hubiera servido para devolverle a la vida.

Después de la muerte de su esposa, Antoine siempre se había comportado como un capitán errante, moviéndose de un lado hacia otro, sin considerar quedarse en algún lugar. Era como si no pudiera encajar en ningún lugar por la falta de su mujer, como si faltara una pieza de un puzle y nunca llegara a resolverse. Para él no había consuelo en ningún lugar de la extensa tierra.

En ese preciso momento, Antoine sabía que había contratado a la mejor buceadora que jamás había conocido, algo que lo cambiaba todo. La tripulación del barco se había duplicado, evento especial que no suele suceder a menudo en el mundo de la navegación.

—Vamos a comenzar a hablar del mundo marino —dijo Antoine sonriendo—. Poco a poco estás mejorando el habla; pero a veces hablas con un acento de francés antiguo.

—Dime que quieres saber —dijo Helena.

Antoine le mostró libros y videos a Helena acerca del mundo submarino, para que ambos hablasen y nombrasen a los seres vivos de la fauna marina de la misma forma. Era un momento único en el que Antoine disponía de una auténtica enciclopedia viviente, tanto de la biología marina como de la geográfica de los fondos de los océanos. ¡Todo un lujo a su disposición!

Él siempre había dedicado tiempo libre a aprender sobre estas cosas y le encantaba presumir de ello ante otras personas. En esta ocasión, ella lo conocía todo, absolutamente todo, y no mediante un libro o un video, así que las frases prepotentes que usaba en sus antiguas conversaciones no servían con Helena.

A medida que ambos fueron manteniendo más conversaciones, Helena fue mejorando progresivamente su voz y consiguió hablar con cierta normalidad. Antoine se dio cuenta de que ella era capaz de hablar diferentes idiomas, incluso algunos que ya se encontraban fuera de uso. No solo era un ser sobrenatural, sino que, de alguna forma, era una viajera del tiempo.

3

En busca del galeón L'Édourard

Antoine hizo memoria. Un año atrás, había ido con su mujer alrededor de la isla de Martinica en busca del galeón hundido L'Édourard, pero en aquella ocasión no pudieron realizar la inmersión por el mal estado del mar, ya que ese lugar solo se puede alcanzar en barco cuando hay un tiempo excepcionalmente bueno. No hacía falta que el mar estuviera medianamente fuerte como para impedir su expedición, pero todas las zonas que poseen arrecifes alrededor también poseen rocas peligrosas en las que es muy fácil que un barco se quede encallado. Además, el buceo con ciertas corrientes y arrecifes siempre puede llegar a suponer un desafío que podría terminar en tragedia.

En el Clarissa Marie había un camarote que Antoine usaba exclusivamente de biblioteca, en el cual guardaba copias de documentos y archivos antiguos. Todo el mobiliario y la decoración había sido realizada de forma que pareciera una antigua biblioteca, aunque eso sí, en miniatura. No parecía, para nada, la decoración de un barco explorador o de pesca, sino que, por el contrario, parecía pertenecer al cuarto privado de estudio de un rico. En el peor caso, si se perdieran todos esos documentos, Antoine siempre mantendría la fuente original en su casa, la cual estaba localizada en Gustavia, cerca de la reserva natural de San Bartolomé.

Antoine ya conocía bien que en Martinica no había tantos galeones hundidos, al menos documentados, como en otros lugares de las Antillas Menores del Caribe. En cambio, sí que había registros de naufragios y multitud de lugares de interés arqueológico submarino. Durante la época colonial, esta isla fue un importante punto de tránsito, de encuentro y de comercio. No solamente había registros de galeones, sino también de otro tipo de barcos utilizados tanto en el comercio como en la navegación.

Le llevó un rato buscarlo, pero al final Antoine encontró el escondido documento en el que se hablaba del galeón hundido. Subió a buscar a Helena y la ayudó a bajar hasta el camarote. Parecía como si ella llegase a caminar, pero no daba ninguna confianza y, de hecho, parecía como si se fuera a caer en algún momento. Por eso, Antoine comprobó que estuviera correctamente colocada y una vez que ella se puso cómoda en una especie de sofá, entonces él comenzó a contarle la historia del galeón.

«En 1845, el galeón L'Édourard transportaba material destinado a la construcción de la primera usina central de Martinica. Este cargamento tenía que ser entregado al señor Thorp, en Fort-de-France. Desafortunadamente, se hundió llegando a Martinica desde el este, concretamente en el arrecife del Loup-Garou».

La isla de Loup-Garou es un pequeño islote, cuyas coordenadas son aproximadamente 14° 40' 56" N 60° 50' 54" W. El acceso a la isla es casi imposible para cualquier barco en general, debido a las numerosas rocas que envuelven a la isla, motivo por el cual se necesita un bote para poder llegar a la arena de la playa, o acceder nadando. Los alrededores presentan arrecifes y zonas en las que resulta muy fácil que un barco se encalle. Y no hay ningún cartel alrededor que avise del peligro.

—Se sabe que parte del material fue rescatado —dijo Antoine indicando la posición en el mapa—, pero no todo.

Posteriormente, varias expediciones han ido encontrando restos del galeón. De hecho, la última expedición encontró una caja metálica.

—Entonces —dijo Helena fijándose en el mapa de Antoine—, solo basta con esperar a que el mar esté bien y podemos pasar a buscar.

A medida que ella había pasado más tiempo con él, había ido mejorando su habla. Prácticamente, había alcanzado una conversación fluida e iba mejorando a medida que transcurría el tiempo. Sin duda, ella poseía un don de aprender lenguas de una forma sobrenatural. La rehabilitación de Antoine era lo que Helena necesitaba para poder llegar a comunicarse con una cierta naturalidad.

—Siempre hay riesgos —dijo Antoine—. Unas veces menos que otros, pero siempre los hay. En este tipo de lugares en los que ha habido naufragios, hay que considerar que podría repetirse. Por otro lado, hay que tener en cuenta los riesgos y las limitaciones que tenemos los humanos bajo el agua. ¡No somos peces como tú!

—Me he fijado en que las sirenas no aparecemos en ninguno de esos libros de biología marina —dijo Helena, señalando con el dedo las enciclopedias de Antoine—. ¿A qué especie de pez pertenezco?

—Las sirenas no existen —dijo Antoine—, son parte de la mitología y de las leyendas.

—Yo sí que existo, no soy fruto de tu imaginación. Además, existo desde hace muchos años.

Helena se sorprendió de ello, pero no le dio más importancia.

Los recuerdos de Antoine volvían a su cabeza, recordando las principales causas de naufragios de cualquier barco explorador. Él ya conocía casos de valientes que se adentraron a ciertos lugares, asumiendo cualquier riesgo, que terminaron dañando el barco en medio de las rocas. En algunos casos, también teniendo un final con consecuencias fatales para la tripulación. Todo capitán que se precie sabe que hay una zona de costa localizada en Galicia, España, que se llama costa de la muerte, en la que existen multitud de registros de naufragios de barcos. En el caso de un barco explorador, este tipo de incidente suele estar relacionado con el error humano, las condiciones climáticas y las colisiones contra las rocas.

Pero no solamente hay riesgos para el barco y su tripulación, sino que existen multitud de peligros para los buceadores. Por eso, Antoine explicó a Helena las limitaciones del ser humano en el momento de bucear. El principal siempre está relacionado con la respiración: barotrauma, enfermedad descompresiva, quedarse sin aire, problemas con el regulador o la sobreexpansión pulmonar. Además, hay otro tipo de peligros físicos propios del ser humano, como la hipotermia, el agotamiento o la desorientación. Por último, pero no menos importante, hay que considerar los elementos externos: obstáculos, redes, cuerdas o algún animal marino que pueda ser peligroso para el ser humano.

Algunas frases resultaban inocuas para Helena, puesto que ella no comprendía la mayor parte de lo que él estaba diciendo.

—Sigo sin entender lo que estamos buscando —dijo Helena mientras miraba el mapa de Antoine—. Estás diciendo que ya han pasado multitud de barcos exploradores, por lo que esa zona ya tiene que estar rastreada. ¡Allí no quedará nada!

Antoine sabía que eso era cierto, aunque solo en la mayor parte. Él conocía que había zonas en las que ya se había encontrado lo más valioso y se había vendido ilegalmente al mejor postor. Por ello, había numerosos buscadores de tesoros que habían encontrado objetos valiosos con diferentes pecios, pero que no había sido publicado en ningún medio de comunicación. Cabía la posibilidad de que alguien hubiera estado en ese arrecife antes que él.

—Hay un documento que salió a la luz en 1918 —dijo Antoine—, en el que se revelaba que en ese barco se transportaba una caja metálica con monedas de plata. Hoy en día, se cree que nadie ha encontrado esas monedas.

Con mucho cuidado, Antoine sacó una copia de un antiguo escrito en el que se indicaba la presencia de esa caja en el interior del galeón en el momento de partir hacia Martinica. Las monedas eran de cinco francos de 1845, en el que se mostraban el rostro de Louis Philippe I, rey de los franceses.

—¿Puedes mostrarme cómo es una moneda como la que buscas? —dijo Helena.

Por pura casualidad, en el barco había una moneda de plata, aunque no era antigua, pero sirvió para indicar a Helena lo que tenía que buscar. Ella lo reconoció, además de admitir que ya las había visto antes en otros rincones de los océanos, incluso a grandes profundidades.

Como ejemplo, Antoine le contó la historia del naufragio del galeón San José, que se hundió en 1708 frente a la costa de Colombia durante una batalla naval contra los ingleses, en medio de la guerra de Sucesión española. Este galeón llevaba doscientas toneladas de piedras preciosas, oro y plata. Resulta que muchos años después han encontrado monedas a seiscientos metros de profundidad.

—¿A qué has esperado para ir a por ello? —dijo Helena.

—He esperado a tener una buceadora como tú —dijo Antoine—. ¡Tú puedes acceder a los lugares más peligrosos del mar!

Helena sonrió y realizó un gesto de aceptación con su cabeza. No cabía duda de que el mar no tenía límites para ella, ni restricciones ni ningún tipo de impedimento o dificultad. Para que Helena comprendiese algún caso real, Antoine le contó numerosas historias en las que su difunta mujer tuvo que arriesgar varias veces su vida y otras en las que tuvo que suspender inmersiones por las dificultades con las que ella se encontró. Es lo que tiene la limitación humana, especialmente cuando se intenta luchar contra la naturaleza en un entorno que no ha sido creado para el propio ser humano.

4

El arrecife del Loup-Garou

Soplaba algo de viento procedente del este del océano Atlántico, que no era demasiado como para afectar al Clarissa Marie, pero suficiente como para levantar olas de un metro en el mar. Mientras tanto, el cielo se mostraba con nubes y claros, sin definir quien ganaría la batalla: si el sol o las nubes.

Antoine no se decidía sobre si ir en el mismo día, o bien, esperar al día siguiente. El objetivo lo tenía claro: ir cuando mejor estuviera el estado del mar.

Él era plenamente consciente del riesgo que suponía acercarse por esos lares sin tener en cuenta el estado del mar.

Me refiero a aquellos lugares en los que hay multitud de piedras afiladas deseando que un barco, con un capitán desprevenido, choque contra ellas. Aun así, Antoine confió en la intuición de la nueva tripulante, motivo por el cual se dirigió hacia el arrecife.

Su idea consistía en ir acercándose poco a poco, sin arriesgarse a acercarse demasiado. Así, pues, levantó el ancla, encendió el motor y se dirigió en dirección hacia el islote del Loup-Garou. Prudentemente, detuvo el motor en cuanto pudo contemplar la isla a una distancia más que segura. Por ello, echó el ancla y bajó a buscar a Helena, que todavía se encontraba en el camarote revisando libros de biología marina, que era algo que la fascinaba. Si bien es cierto que tenía problemas para leer, sí que podía reconocer las fotos que allí se mostraban. Para ella, aquello resultaba como un álbum familiar de fotos, en el cual se podían encontrar miembros de su familia.

—¿Sabes leer en francés? —dijo Antoine—. Tengo libros en inglés e incluso alguno en español.

—Sé leer un poco —dijo Helena—, pero también sé leer bien en latín y griego. Reconozco que el avance de la tecnología de poder oír voz resulta increíble para mí.

La falta de comprensión lectora siempre es, ha sido y será un aliado de la falta de información, motivo por el cual Helena se había propuesto aprender a leer en francés «moderno». Antoine le explicó que tenía que comprender que existía un salto temporal del pasado hacia el futuro.

—Cuando viajamos atrás en el tiempo, nos vemos limitados en la comprensión de los documentos que nos encontramos en nuestro camino. Por ello, se cuentan con prestigiosos paleógrafos, que son los encargados de descifrar las escrituras antiguas, además de tener la capacidad de datar, localizar y clasificar todo este tipo de documentos antiguos.

—Me parece muy difícil de comprender —dijo Helena mientras contemplaba libros modernos en otras lenguas.

—Así es —dijo Antoine—. No siempre se dispone de toda la información. Por ese motivo, también existen otros expertos que se dedican a otras disciplinas: la archivística, la lingüística, la heráldica, la sigilografía e incluso la diplomática.

—Cuando se unen todos esos expertos —dijo Helena mirando a Antoine—, se produce una especie de viaje en el tiempo. Igual que lo que yo estoy viviendo ahora mismo.

—Supone retroceder en el pasado y tener la oportunidad de comprender las ideas reflejadas en la mente de una persona, o incluso varias, rompiendo la barrera del tiempo. Lo mismo que te ocurre a ti mirando al futuro.

Debido a su dificultad para caminar, Helena tuvo que ser ayudada por Antoine para poder subir a la cubierta del barco. No era una tarea fácil, pero él estaba encantado de estar cargando con ella. Antoine disfrutaba de su compañía y de sus historias. Una vez en la cubierta, ella ya podía moverse, aunque de manera tortuosa. Se agarraba a la barra localizada en los extremos laterales del barco.

Allí sentada, Helena cerró los ojos, comenzando a sentir el océano y sus sonidos. Después, ella se dirigió hacia la popa, donde había una zona del barco que quedaba cerca del agua, disponiendo de un escalón intermedio para poder subir y bajar al agua.

—Yo que tú no haría eso —dijo Antoine con gesto de recomendación y advertencia.

—¿Por qué? —dijo Helena mientras tocaba el mar con su mano derecha, como si estuviera acariciando a un animal conocido.

—La fauna marina local es bastante peligrosa —dijo Antoine—. Podría aparecer un tiburón tigre o un tiburón martillo.

Los ojos de Helena se cerraron y su boca comenzó a hacer un sonido similar al que hacen las ballenas jorobadas, pero con un tono mucho más agudo. Su canto era maravilloso, tal y como contaban las leyendas de sirenas, logrando encantar a Antoine.

—Escucharte —dijo Antoine, impresionado, mientras se sentaba cerca de ella—, resulta como escuchar a una cantante soprano cantando un aria de ópera de *La bohème*.

—Ahí abajo —dijo Helena mientras mantenía los ojos cerrados—, hay varios peces de arrecife, incluyendo una barracuda. Además, hay una manta y un par de rayas. No hay ningún tiburón cerca.

Parecía como si ella pudiera conectar localmente con el mar y reconocer todo lo que había allí cerca de ella. Pronto, Antoine se dio cuenta de que no necesitaba mirar el sonar del barco, sino preguntar a la vigilante del mar.

—¿Puedes sentir la presencia de los peces? —dijo Antoine.

—Puedo percibirlos a una cierta distancia a algunos —dijo Helena mientras seguía acariciando la superficie del agua—. A otros los puedo escuchar porque envían sonidos que se propagan por el mar.

—Entiendo que puedas escucharlos siendo una especie de pez —dijo Antoine mientras observaba la zona que rodeaba a Helena—, pero no comprendo cómo puedes hacerlo siendo humana.

—¡Pon la mano en el agua! —dijo Helena sonriendo—. ¿No sientes nada?

Desafortunadamente, Antoine no percibía nada, salvo el efecto refrescante del agua. Cerró los ojos para intentarlo con un poco más de dedicación, como lo hacen los médiums para contactar con los muertos; pero él no sentía ni oía nada de nada.

—¡Se acerca un tiburón coralino! —dijo ella con rostro de felicidad.

Antoine alzó su vista, levantó su mano rápidamente, pero no llegó a ver nada. Cogió sus prismáticos para intentar localizar la conocida aleta dorsal del tiburón, que es, sin duda, la parte más conocida por el ser humano. Sin embargo, este tipo de aleta no

es exclusiva de tiburones, ya que, también hay otros grupos po-
lifiléticos de animales marinos que las poseen: delfines, marsopas
y ballenas.

—¿Dónde está el tiburón? —preguntó Antoine mientras
seguía buscando con sus prismáticos.

—Está aquí —dijo Helena mientras acariciaba al tiburón con
cariño, que se encontraba al lado de ella, de la misma forma que
un humano acaricia a un animal querido.

—¡Es cierto! —dijo Antoine después de caerse por el susto.

El respeto de Antoine por estos animales era muy alto. No
les tenía miedo, pero desconfiaba de ellos. No era la primera vez
que atacaban a alguien sin ningún motivo aparente. El tiburón
medía unos dos metros, no era de los conocidos grandes, pero
poseía esa mirada aterradora que es capaz de intimidar a cualquier
ser humano. Helena, en cambio, jugaba con él de la misma forma
que una niña juega con su perro en el jardín.

—Él no ataca a humanos —dijo Helena mientras contemplaba todo su cuerpo—. Se alimenta exclusivamente de peces
de arrecife y de rayas.

Pasados unos minutos, el tiburón se fue de forma tranquila
y placentera. Ella se quedó contemplando la isla, que se veía a
lo lejos, a apenas a una milla marina. Allí, en la bahía de Robert,
había un hermoso arrecife de coral, donde se podía contemplar
un santuario de aves de arena rosa. Además, ese lugar era un sitio
de anidación de tortugas ubicado en la barrera de coral. La belleza
era increíble, incluso para alguien que vive en el mar y conoce
la tierra mundana en la que vive el hombre de a pie.

—¡Es hermoso! —dijo Helena mientras contemplaba el
vuelo de las aves.

—¡Todos estos parajes son absolutamente increíbles! —dijo Antoine mientras usaba sus prismáticos—. No tiene precio el hecho de estar aquí y poder tener la libertad de contemplar tal magnificencia.

Ella se quitó la ropa para tirarse al agua. La colocó cerca de donde estaba sentada, de forma que se la pudiera volver a poner al regresar de vuelta al barco. Parecía que se iba a tirar, pero justo antes volvió a tener otra visita: una raya negra.

—¡Hola! —dijo Helena con alegría mientras acariciaba a una raya eléctrica.

—¡Suéltala! —dijo Antoine alterado—. Es una raya eléctrica y puede electrocutarte.

Se trataba de una raya negra con aletas pectorales. Un ser peligroso para el ser humano por su capacidad de dar descargas eléctricas. A diferencia de otras rayas, esta especie tiene dos grandes órganos eléctricos a cada lado de la cabeza. Es capaz de electrocutar a presas más grandes con un voltaje de hasta doscientos veinte voltios. El acto de comenzar a acariciar a una raya eléctrica como esa podría considerarse casi como sentarse en la silla eléctrica y accionar el interruptor de mano para la ejecución.

—He llegado a ver tiburones recibiendo una descarga eléctrica al atacar a una como esa —dijo Antoine.

—Ahora mismo le digo que se vaya —dijo Helena—. ¿Seguro que no quieres acariciarla?

—¡No! —dijo Antoine seguro—. Dile que se vaya, ¡por favor!

En cuanto la raya se fue, Helena se lanzó al agua y comenzó a sumergirse para hacer un rastreo de toda la zona. Su objetivo era buscar objetos metálicos en la zona inferior. En cuanto bajó al fondo, Helena pudo contemplar un conjunto de corales y anémonas que llegaban a crear unos parajes impresionantes para los ojos de un ser humano.

Antoine también quería sumergirse y disfrutar de semejante paraíso marino, pero decidió quedarse vigilando en la superficie del barco.

Mientras Helena estaba buceando, Antoine vio cómo se acercaba un tiburón hacia donde estaba ella. Aumentando el *zoom* de los prismáticos, pudo ver que se trataba de un tiburón limón, que es conocido por su coloración amarillenta. Se le llama así porque a ciertas profundidades puede presentar una apariencia bronceada y amarillenta, fruto de la interacción de la luz. Antoine, como buen conocedor de estos animales, ya sabía bien que esa especie no era peligrosa para el ser humano, pero sí que es cierto que esa especie de tiburones tienen una mala visión y no pueden ver bien para encontrar su alimento. La realidad es que estos tiburones están equipados con sensores magnéticos, como si fuera un equipo electrónico submarino muy sensible. ¡Es sorprendente!

De repente, emergió la sirena y comenzó a nadar a la par del tiburón limón. Sorprendentemente, parecía como si se conocieran y hubieran quedado juntos para dar una vuelta al circuito. La típica escena en la que una niña le dice a otra «¿Damos una vuelta?» y la otra le contesta «Vale».

Antoine cogió los prismáticos y pudo contemplar cómo la pareja de peces dieron la vuelta alrededor de la isla y volvieron juntos hacia el Clarissa Marie. Él se preguntaba qué habían visto, qué se habían dicho entre ellos en lenguaje «supuestamente marino» y qué le iban a contar. Todo resultaba tan extraño e ilógico que sobrepasaba por mucho el límite humano.

Estando cerca del barco, el tiburón se inmergió en el agua después de acompañar a Helena, la cual dio un salto para caer en la cubierta.

—¿Ese tiburón es tu nuevo novio? —dijo Antoine.

—¡No! —dijo ella sonriendo—. Le he llamado para que venga a ayudarnos. Él tiene el don de detectar metales, por lo que va a estar toda la noche nadando alrededor. Si hay un solo metal, mañana lo sabremos.

—¿Cómo no se me había ocurrido antes? —dijo Antoine—. Un tiburón limón que buceara para mí y encontrase tesoros.

—Normalmente no tenemos por costumbre mezclarnos con humanos. Sois avaros, codiciosos y egoístas. La mayoría de vosotros solamente quiere vendernos como objeto de lujo de coleccionistas, desde años inmemoriales. Por eso tenemos que permanecer escondidas en las profundidades y no podemos ayudaros.

—La leyenda cuenta que las sirenas son seres femeninos que atraen a los marineros con su canto melodioso para hacerlos naufragar y morir en el mar —dijo Antoine en respuesta.

—Lo sé —dijo Helena—. Nuestros cantos son para comunicarnos con otros seres vivos marinos. El problema es que siempre han querido hacernos prisioneras, y ellos se pensaban que no haríamos nada para defendernos. Respecto a lo de los ataques, diré que no son nuestros, sino de otros seres vivos que nos defendieron: tiburones, calamares, orcas, barracudas y morenas.

—Me encanta escuchar como cantas —dijo Antoine—. No soy el juez, pero te puedo asegurar que tu canto es hipnótico para el ser humano.

—No sé lo que me estás queriendo decir.

Helena se calmó, después de haber estado soportando todos los comentarios y las leyendas sobre las sirenas, que podrían llegar a calificarlas como monstruos marinos que se comían a los hombres. Contempló el mar y vio a lo lejos a unas ballenas jorobadas que emitían sonidos. Le hizo un gesto a Antoine para indicarle de dónde venía el sonido.

—Voy a mantener una conversación con ella —dijo Helena mientras cerraba sus ojos y acariciaba el mar con su mano.

La voz aguda se comenzó a convertir en canto, como una especie de tarareo que imitaba al sonido que hacía la ballena. Ciertamente, el sonido era maravilloso, aun no siendo un canto habitual de humanos, pero también resultaba bastante mágico y atractivo, ya que tenía un cierto poder de atracción en las personas.

—Tu voz resulta como una música que atrae al ser humano —dijo Antoine con los ojos cerrados—. Es igual a cuando uno entra en un local y se dirige hacia la zona en la que mejor suena la música.

—No me has preguntado todavía por las sirenas que vuelan —dijo Helena.

—¿Son las primeras sirenas? —preguntó Antoine.

—Fueron las hijas de Medusa, Esteno y Euríale. Te quedarías de piedra si vieras a las mamás de las sirenas que volaban. Bueno, a Medusa ya no, porque no está viva.

—¿Dónde están todos esos seres mitológicos? —dijo Antoine.

—En otros mundos diferentes —dijo Helena—, por su incapacidad de convivir con el hombre. Solo algunos seres podemos seguir viviendo aquí.

Después de toda esta conversación, Antoine sacó su libro de mitología griega, el libro de *La Odisea* de Homero y otro de historia de la Grecia Antigua. Aprovecharon el resto del día para intercambiar comentarios acerca de lo que ponía en los libros y lo que en realidad sucedió. Por supuesto, Helena desmintió numerosas historias que ella sí que conocía. Otras no, porque no sabía ni confirmarlas ni tampoco desmentirlas.

5

Las monedas de Judas

El día comenzó cerca de las seis de la mañana, cuando la luz del sol comenzó a entrar por la ventana del camarote de Antoine. No resultaba tan molesto como el clásico despertador, pero tenía el inconveniente de no tener la posibilidad de ajustarlo manualmente para que se retrasara un poco más. Más allá del fenómeno solar, el amanecer siempre ha sido asociado con el agradecimiento de la vida, una nueva aparición de la luz después de la oscuridad de la noche. Desde esa ventana, Antoine pudo contemplar que el sol estaba saliendo de su escondite. Detrás del horizonte ya se estaba comenzando a teñir el cielo de colores amarillentos y naranjas.

Antoine se levantó de la cama, colocándose su clásico pantalón de aventura y su camisa blanca para subir a la cubierta del barco. Lo primero que hizo fue fijar la vista en su objetivo: aquel diminuto islote, que era el único motivo por el que se encontraba allí. Él sabía bien, y desde hacía mucho tiempo, que por ahí cerca había restos de un naufragio, uno al menos, y que era el momento de investigar bien toda aquella área antes de que otros exploradores lo hicieran. Sin saber exactamente el punto de colisión del barco naufragado, siempre resulta muy complicado de decidir por dónde comenzar a buscar. Además, luego el mar realiza su trabajo de moverlo, desplazarlo y dificultar su búsqueda. Sin olvidar a la fauna marina, que cumple con su particular trabajo de convertirlo en parte de su peculiar familia, quedando por ese motivo muchas veces multitud de pecios enterrados en la arena o formando parte de algún coral. De hecho, hoy en día se sabe que hay multitud de tesoros escondidos en las profundidades; pero muchos se encuentran escondidos en auténticas vegetaciones marinas y resulta prácticamente imposible que sean encontrados por el hombre.

Después de una meditación contemplando aquel islote, Antoine optó por bajar al camarote cocina para hacerse su café especial. Aquello era algo a lo que le dedicaba especial atención, ya que usaba su cafetera italiana con gran cuidado y dedicación. Para él, el momento de preparar un café resultaba como un viejo ritual, ya que lo realizaba todos los días a la misma hora y de la misma forma. Antoine cogió esa costumbre cuando todavía era un muchacho y comenzó a navegar, pero después prosiguió con ella hasta el día de hoy.

Cuando acostumbras el cuerpo a algo bueno, resulta complicado que la propia mente te guie hacia negar lo que ya tienes bien aprendido. La sensación positiva y reforzante de tomar un delicioso café oscuro, implicaba una dedicación especial para Antoine, uno de los mejores momentos del día a día.

Después, subió nuevamente a la cubierta para seguir concentrándose en su objetivo. Por primera vez en varios días, pudo contemplar algunos delfines que se divertían a estribor del barco, mientras disfrutaba de una taza caliente de café de Martinica. Se cogió, por si acaso, sus gafas de sol, porque no resultaba fácil abrir los ojos cuando el sol se pone tan horizontal respecto de la visión de las personas. Todo estaba en completa tranquilidad, hasta que se dio cuenta de que el tiburón limón, el del día anterior, estaba merodeando alrededor del barco. ¿Estaba esperando, tal vez, a Helena? ¿Traía respuestas del tesoro? Resulta sorprendente para un humano pensar que un tiburón traiga información del fondo del mar, como si de un sofisticado equipo de investigación se tratase.

Antoine terminó su café de un trago y bajó rápidamente a buscar a Helena a su camarote. Se acercó a la puerta y tocó un par de veces.

—¡Pasa! —dijo Helena mientras se estaba levantando de la cama.

—¡Buenos días! —dijo Antoine mientras abría la puerta.

—¡Buenos días! —dijo Helena, mostrando felicidad.

—No te he dicho nada, pero no te he preguntado cuándo fue la última vez que tuviste una conversación completa con un ser humano.

—La última vez que hablé con un marinero fue en el año 1556 —dijo Helena—. Se llamaba Denise. Era un apuesto muchacho al que le gustaba escucharme cantar en algunos puertos del Caribe. Ese chico hablaba un francés más parecido al tuyo. ¿Crees que podría llegar a verle otra vez?

—Me temo que no será posible. Estamos en el año 2025.

—Aprendí francés en el siglo X. Hubo un maestro, el señor Philippe, que me enseñó amablemente mientras paseaba por los muelles en Marsella. Nos llegó a llevar a su casa y nos enseñó a hablar, a mí y a algunas de mis hermanas. ¿Tampoco podría llegar a verle otra vez?

—Eso explica por qué en ocasiones denotas un acento francés antiguo o medieval.

La conversación se enfrió un poco, porque Helena hablaba de personas que ya no podían estar vivas. Y desde hacía siglos. Por eso, Antoine pausó la conversación unos segundos y solamente después volvió a hablar con ella.

—Tu amigo el tiburón limón de ayer, ya está pululando alrededor del barco. Creo que te está esperando.

—¡Ayúdame a subir a la cubierta!

—¿Desnuda? —dijo Antoine fijándose en que no llevaba nada encima.

—No importa, de todas formas, me voy a tener que tirar al agua. ¡Súbeme la ropa para ponérmela después!

Antoine la subió en brazos, aunque con algo de dificultad para subir por la escalera, caminó por la cubierta hacia la popa y la colocó cerca del escalón al lado del agua. Allí la estaba esperando su amigo, el tiburón limón. Justo antes de tirarse al agua, Helena sintió algo.

—¡Espera! ¡Hay algo que quiere decirme!

Le tocó la cabeza al tiburón con su mano derecha mientras cerraba los ojos. Antoine se mantenía en el más absoluto silencio mientras contemplaba tal escena, esperando, sin duda, a recibir la información más valiosa del día. Después de un par de minutos, Antoine volvió a hablar.

—¡Tiene un mensaje nuevo! —dijo Antoine riéndose.

—Me dice que ahí abajo no hay metales —dijo Helena—. Sin embargo, conoce un lugar no muy lejos de aquí donde sí que los hay.

—¡Ve con él! —dijo Antoine—. ¡Averigua donde es!

Helena se lanzó al agua y se fue con el tiburón limón en busca de los metales que le había comentado. Antoine, por su parte, encendió el motor y levantó el ancla. Dio la vuelta al arrecife por una zona lo suficientemente alejada como para no encallar, siguiendo de forma visual a los dos cazatesoros. Ambos se alejaron hacia la zona norte, nadando unas cinco millas marinas, hasta que ambos peces realizaron la inmersión. Allí Antoine les perdió el rastro temporalmente, pero, aun así, por esa zona, echó el ancla y paró el motor del barco.

Antoine se fijó en las coordenadas. No había ninguna constancia, al menos que él supiera, de que por allí cerca se hubiera hundido algún barco o galeón. De hecho, estaba muy alejado de cualquier islote y la profundidad era de más de sesenta metros. Era el típico lugar que ningún buscador de tesoros tomaría como referencia para realizar una inmersión. La confianza estaba puesta en la nueva buceadora, así que Antoine decidió esperar allí en cubierta el tiempo que hiciera falta, que en este caso fueron unos quince minutos hasta que apareció Helena.

—¡Es aquí! —dijo Helena, saliendo a la superficie junto con el tiburón limón—. Aquí, debajo hay monedas de plata.

Sin dudarlo, Antoine, con sus sesenta y dos años, cogió su traje de buzo, sus gafas y sus aletas. Se puso todo el equipo de buceo y se lanzó al agua con su saco de pequeños pecios.

Resulta que ese saco era el que siempre le había traído suerte para encontrar tesoros en el fondo del mar, motivo por el cual siempre lo llevaba en sus viajes.

El valiente Antoine realizó la inmersión hasta el fondo, siguiendo a Helena y al famoso tiburón limón. Al llegar a la zona indicada por la sirena, se dio cuenta de que había una caja metálica mal cerrada, en la que se encontraban doblones de plata, que eran menos comunes que los doblones de oro. En poco tiempo se dio cuenta de que allí abajo había varias réplicas o piezas conmemorativas de la época colonial. Sin pensarlo dos veces, metió en su bolsa todas las monedas disponibles que había allí y subió rápidamente al barco.

—¡Mi tesoro! —dijo Antoine en cuanto se subió al barco.

Helena dio su habitual salto para subirse a la cubierta y volvió a ser humana en un minuto, después de secarse.

—¿Era eso lo que buscabas?

—¡Sí! —dijo Antoine, muy emocionado, mientras lloraba—. Daría un beso al tiburón, pero es que no me fío de cómo me lo vaya a devolver él.

La respiración de Antoine se aceleró y comenzó a saltar como un loco; pero su corazón comenzó a fallar y le empezó a doler.

—¡Ah! —decía Antoine mientras apoyaba su mano en el pecho.

Helena no comprendía bien lo que pasaba, pero era capaz de sentir la respiración, el pulso y los golpes cardíacos del corazón de Antoine. Se dio cuenta de que él no se estaba encontrando bien y de que en su interior algo se estaba alterando.

Ella tuvo que contemplar como Antoine no se pudo mover durante unos minutos, hasta que finalmente pudo recobrar el habla y desplazarse hasta la emisora para pedir ayuda médica urgente. El ataque cardíaco había terminado, pero Antoine tenía que ser ingresado cuanto antes en un hospital. Una vez que había llamado a la unidad médica de emergencia, llamó a su gran e inseparable amigo Pierre.

—Hola, Pierre. Acabo de sufrir un ataque cardíaco y vienen ahora mismo a buscarme en lancha. Conmigo viaja mi mujer,

Helena Dupont, la cual acaba de perder el pasaporte en el mar. ¡Necesito que cuides de ella!

—Hola, Antoine. ¿A qué hospital te van a llevar?

—Creo haber entendido que me van a llevar al Centre Hospital Universitario de Martinica.

—Llevaré el barco al puerto Débarcadère des pêcheurs, en Sainte-Anne, donde siempre.

Antoine dejó todo preparado para que Pierre pasara a coger el barco y llevarlo al puerto más cercano. Lo lógico era que Pierre tardase más que el helicóptero; pero no fue así, ya que el helicóptero tardó dos horas en salir de su destino.

Helena podía palpar el débil corazón de Antoine, notando como no funcionaba correctamente, pero no estando tan alterado como estuvo unos minutos antes. Mientras tanto, él permanecía con tranquilidad esperando a la llegada del helicóptero. Cuarenta minutos después de su llamada, ambos pudieron contemplar a lo lejos a una lancha, la cual viajaba a gran velocidad. Antoine se puso los prismáticos y pudo ver a su amigo Pierre entre la tripulación.

Su nombre completo era Pierre Detain y tenía cuarenta años. Era originario de la isla, igual que su madre, mientras que su padre era de Santa Lucía. En cuanto llegó al barco, Pierre quiso llevar a Antoine en la lancha hacia el puerto, pero el helicóptero ya estaba en camino.

—¡He encontrado treinta monedas de plata! —dijo Antoine mientras mostraba su mejor sonrisa.

—¿No se te habrá ocurrido bucear en tu estado? —dijo Pierre, enfadado.

—¡Así es! —irrumpió Helena—. Ha bajado a más de cincuenta metros de profundidad.

Pierre se echaba las manos a la cabeza mientras insultaba a Antoine. Le culpaba de tal acción imprudente, debido a que Antoine ya sabía que estaba mal del corazón desde hacía años. Los sanitarios atendieron a Antoine, indicando que se encontraba débil, pero fuera de peligro. La escena resultó muy incómoda para Helena, porque estaba percibiendo la preocupación del resto de personas respecto de la salud de Antoine. Ella no comprendía bien lo que le iban a hacer, pero se había dado cuenta, y perfectamente, además, que Antoine no se encontraba bien de salud.

—¡No se preocupe, señora! —dijo uno de los sanitarios—. El señor Dupont se encuentra fuera de peligro.

Ahora mismo ya puede hablar y mover las extremidades correctamente.

—Es cierto —dijo Antoine mientras movía los brazos y las piernas.

—¿Usted está bien, señora? —dijo el otro sanitario.

—¡Sí! —dijo Helena, preocupada, casi llorando—. Solamente estoy afectada por la actual enfermedad de Antoine.

Helena se acercó como buenamente pudo a Antoine y se abrazó a él. Él la miraba sonriendo, feliz de verla y tenerla a su lado.

—Así somos los humanos, imperfectos y mortales. A lo lejos comenzó a oírse el sonido del helicóptero, que se dirigía a gran velocidad hacia el barco. Ese ruido batiente de la hélice del helicóptero molestaba mucho a Helena, además de impresionarla por ser un aparato volador. Por supuesto, ella no quería subirse ahí; pero no tuvo más remedio al querer acompañar a Antoine. Ella quería estar con él y protegerle.

—¡Ya estamos aquí! —dijo el enfermero de urgencias mientras bajaba por una cuerda.

El equipo de rescate estaba formado por tres personas, las cuales ataron la camilla para poder subirla al helicóptero, subiendo así a Antoine. Después, subieron a Helena, que estaba completamente asustada y aterrada. De alguna forma, ella se sintió mejor cuando la colocaron al lado de Antoine y se pudo poner cerca de él para abrazarlo.

Una vez que todos se habían marchado, Pierre llevó el Clarissa Marie hasta el puerto Débarcadère des pêcheurs, que era donde Antoine tenía reservado una zona para su barco.

Cómo es lógico, Pierre pasó todo el camino pensando en la salud de su amigo Antoine, el cual había sido un insensato y había estado a punto de morir por arriesgarse de forma absurda. Si necesitaba un buceador, o buceadora, es lo mismo, allí en Martinica había numerosas personas esperando su oportunidad. No estaba justificado que pusiera su vida en peligro por semejante acción.

6

En buenas manos

El ruidoso helicóptero aterrizó en el helipuerto Helipad Hospital, que era vecino del CHU de Martinica, localizado en su capital Fort-de-France. Allí se encontraba un equipo de sanitarios que estaban esperando para ingresar a Antoine, al cual ya conocían de otras ocasiones anteriores, aunque es cierto que nunca había sido por un ataque cardíaco, sino por malaria.

Hay una parte oscura acerca de los viajes a todos esos lugares alejados de la civilización que desconoce la mayoría de la gente que vive en los lugares más avanzados de la tierra. No es algo que se cuente al público en general, pero es algo real a lo que se expone todo viajero que se precie. Existen una serie de males en el mundo que muchos desconocen: se trata de enfermedades exóticas que se encuentran por doquier en los lugares más recónditos de la tierra. Otras enfermedades son bien conocidas, pero no por ello son menos peligrosas. Las más famosas, probablemente, sean el paludismo (malaria), el cólera, la fiebre amarilla, el dengue, el zika y la fiebre del Nilo.

Muchos años atrás en el tiempo, Antoine enfermó de malaria cuando se encontraba en Port Gentil, Gabón. La causa de la infección se debió a los parásitos del género *plasmodium*, que se transmiten al ser humano por el mosquito hembra del género *anopheles*. Por increíble que pueda parecer, una picadura de un simple mosquito puede causar terribles enfermedades febriles a cualquier ser humano, pudiendo darse el caso de llegar a matarlo si no se trata a tiempo.

Durante todo el viaje en helicóptero, Helena no dijo nada, pero era la primera vez en su vida que volaba y pasó un miedo espectacular. Era algo irónico, porque las primeras sirenas griegas volaban mientras que ella pertenecía al mar.

El ruido de la hélice del helicóptero azotaba los oídos de Helena, haciéndole daño en ellos, entrando dentro de su cabeza: estaba sufriendo un mal de altura. Ella se agarraba a Antoine, pero no solo por él, sino también por el miedo de ella a caerse.

Una vez que aterrizaron, Helena, por fin, pudo calmarse y volver a la normalidad, dentro de lo posible. Una vez en tierra, se sintió extraña, pero recobró la compostura y pudo volver a hablar con naturalidad. Afortunadamente, Antoine parecía estar tranquilo, que era algo que también tranquilizaba al resto de los acompañantes.

—Mi mujer necesita una silla de ruedas para moverse —dijo Antoine mientras le colocaban cuidadosamente en una camilla.

Al principio, Helena tuvo sus miedos acerca de volver a pisar la tierra firme después de tantos años, centurias; pero todo se le pasó en cuanto vio que podía moverse en una silla de ruedas. Resultaba una sensación diferente, ya que disponía de una cierta ventaja que antaño no tuvo.

—¡Por favor! —dijo una enfermera a Helena—. Necesito que me diga su nombre y apellidos. Nunca la he visto por aquí.

—Mi nombre es Helena —respondió.

—Dupont —dijo Antoine irrumpiendo en la conversación—. Se llama Helena Dupont y es mi mujer. Se le cayó el pasaporte en el agua en medio del ajetreo.

El hecho de intentar integrar a alguien sin papeles en un sistema moderno siempre supone un desafío, pero en este caso, solamente, tenía que servir para que ella pudiera moverse por el hospital y poder visitarle a él. En un estado de emergencia, siempre debiera de existir una mayor flexibilidad.

Dentro del propio hospital, la situación era demasiado complicada de entender para Helena. El motivo se debía a que los sanitarios se desplazaban de un lugar para otro, recorriendo pasillos mientras traspasaban una puerta tras otra.

Después de un buen rato, llegaron a una sala de espera en la que separaron a Helena de Antoine.

—Usted tiene que esperar aquí —dijo un enfermero.

—¿Qué le van a hacer a Antoine? —dijo Helena, preocupada.

El enfermero comenzó a explicarle acerca de las diferentes pruebas: electrocardiograma, análisis de sangre, angiografía, radiografía de tórax y otras más. Sin embargo, Helena no comprendía nada de nada.

—No comprendo nada de lo que me está diciendo —dijo Helena.

—No se preocupe, señora Dupont—dijo el enfermero sonriendo—. Su marido se encuentra en buenas manos. Este hospital es el principal centro de salud de la isla y cuenta con el servicio *Care for Me*, que ofrece apoyo integral a pacientes internacionales, como su marido, desde el momento de la coordinación previa a la llegada hasta la atención infrahospitalaria.

Allí al lado, había un señor anciano que le llamó la atención la conversación. Rápidamente, se dio cuenta de que aquella mujer no había visitado jamás un hospital.

—¿Ha estado usted alguna vez en un hospital? —dijo el anciano.

—¡No! —dijo ella—. ¡Nunca!

El anciano intentó calmarla y comenzó a hablarle de la amplia gama de especialidades médicas que tenía ese privilegiado hospital: cardiología, neurología, oncología, gastroenterología, ortopedia y cirugía. Además, hizo referencia a que ese hospital era toda una referencia para otras islas del Caribe, especialmente en aquellos casos complicados o en tratamientos especiales.

—Según lo que comenta usted —dijo Helena—, parece que conoce mucho este lugar.

—He venido muchas veces por mi mujer —dijo el anciano con rostro de preocupación—. Actualmente, ella está recibiendo un tratamiento de quimioterapia.

—¿Eso le viene bien? —dijo Helena.

—En realidad, ella se está muriendo. Pero hacemos todo lo que nos recomiendan los médicos. A veces es mejor hacer algo que no hacer nada.

—Lamento oír eso. Yo he sentido débil a mi marido.

—Su marido ha superado el ataque de corazón —dijo el anciano con voz tranquilizadora—. Ahora solo le están haciendo pruebas. Lo más probable es que le den el alta en breve y le indiquen lo que tiene que hacer después de un infarto.

Era evidente que el anciano sabía que esa mujer, Helena, necesitaba hablar y conocer más detalles para conseguir tranquilizarse; aunque no comprendiera casi nada. Muchas veces resulta complicado dominar la mente de uno mismo, debido a que el principal enemigo se encuentra cada día delante del espejo.

Pasaron un par de horas hablando, aunque ella desconocía muchas de las cosas que le contaba el anciano. Aun así, el anciano sabía que debía conversar con ella e intentar calmarla. Hizo de terapeuta o de psicólogo.

—¡Buenas tardes! —irrumpió el doctor Jean—. ¿Es usted la señora Dupont?

—Así es —dijo Helena.

—Su marido ha sufrido un ataque al corazón —dijo el doctor Jean mientras revisaba el acta médica—. Actualmente se encuentra estable, pero no es la primera vez que le sucede esto. Me duele decirle esto, pero quiero que sepa que su marido Antoine Dupont no sobrevivirá a otro ataque del corazón: el siguiente será letal.

—¿Qué puedo hacer yo para evitarlo? —dijo Helena, agarrándose fuertemente a la silla mientras sus ojos querían comenzar a llorar.

El doctor le mostró un panfleto —aunque ella no sabía leerlo— en el que le explicó cómo debía de comportarse su marido en una situación de posinfarto. Fue muy claro respecto al reposo, la reducción del estrés y adquirir el hábito de descansar adecuadamente. Inevitablemente, el doctor Jean se enteró de que Antoine se había lanzado a bucear a sus sesenta y dos años, cuando ya era conocedor de que tenía el corazón bastante dañado, algo que rozaba la locura.

—¡Ni se le ocurra volver a dejarle bucear! —dijo el doctor Jean de forma contundente—. ¡No habrá segunda oportunidad!

—No suele hacerlo —dijo Helena con resignación—, pero esta vez lo hizo sin pensar. Lo que más le gusta hacer, sin ninguna duda, es navegar.

—A ver si se lo explico de otra manera —dijo el doctor Jean con voz clara y concisa—. Su marido está enfermo del corazón y no está en condiciones para viajar solo. Mucho menos en lugares en los que se pueda requerir una intensa actividad física o mental.

—Desde que falleció su mujer, Clarissa Marie —dijo Helena con voz tranquila mientras miraba por la ventana—, navegar es lo único que le devuelve a la vida. ¡Es su única razón para vivir!

—Si no permanece tranquilo —dijo el doctor, hablando más suave y despacio—, si continúa navegando solo, entonces ese barco será su tumba. ¿Es eso lo que quiere usted?

Fueron duras palabras. Eso entristeció a Helena, porque sabía perfectamente que Antoine no aceptaría rechazar su vida marina. No era aceptable para él, por la sencilla razón de que el mar era el lugar donde más y mejores recuerdos tenía de su vida. Allí, en ese mundo marino, navegando en barcos de diferentes formas y tamaños, fue donde vivió los mejores momentos con su mujer, Clarissa Marie.

De alguna forma, Helena se sentía igual que Antoine. Se sentía inútil en su silla de ruedas, no teniendo la posibilidad de moverse libremente, tal y como lo hacía en el mar. El hecho de limitarlos a los dos no teniendo acceso a su añorado mar, suponía pensar en una situación similar a la de una cárcel mental: no había barrotes visibles, pero tampoco había libertad de movimiento.

Apenas una hora después, el anciano se fue. Abandonó el hospital en cuanto salió su mujer del tratamiento. Aquello supuso un momento solitario para Helena. Aprovechó el momento de soledad para reflexionar sobre el nuevo tipo de vida al que estaba intentando adaptarse. La mayor parte de su tiempo la dedicó a mirar por la ventana para contemplar cómo era esa vida moderna que ella no comprendía, ni esperaba comprender. Todo era demasiado diferente al mundo que ella había conocido en el pasado y eso la hacía sentirse demasiado extraña. Se sentía completamente desplazada y fuera de sí.

—Yo no pertenezco a este mundo —dijo mirando al cielo, como si alguien fuera a escucharla.

A última hora de la tarde apareció Pierre, que era un íntimo amigo de Antoine desde hacía muchos años. Se dirigió a la entrada para preguntar acerca de Antoine y la conversación con la mujer de recepción resultó sorprendente.

—¡Buenas tardes! Mi nombre es Pierre Detain y soy amigo de Antoine Dupont.

—¡Buenas tardes! —dijo la asistenta Marianne—. El señor Dupont le está esperando en la habitación treinta y tres.

Desconozco el motivo, pero ha insistido en verle a usted antes que a su mujer.

—Creo que usted está equivocada. La señora Dupont falleció el año pasado. Yo estuve en su entierro.

—Será mejor que hable con el señor Dupont. Él le podrá dar más detalles de su nueva mujer.

Como es lógico, Pierre tenía algunas dudas acerca de aquella misteriosa mujer, así que se acercó para hablar con Helena.

—¿Cómo estás? —dijo Pierre mientras abrazaba a Helena, la cual parecía estar casi llorando mientras miraba por la ventana.

—Me encuentro bien, pero parece que Antoine está enfermo del corazón y no soportará el siguiente ataque.

La escena resultó demasiado incómoda para Pierre, así que decidió sentarse y hablar un rato con ella para calmarla y explicarle que él iría a enterarse de todo. La sorpresa de Pierre no se hizo esperar cuando se dio cuenta de que, a veces, ella tenía un acento francés desconocido, además de usar expresiones de francés antiguo, es decir, de la Edad Media. Lo que más le preocupaba era que su amigo Antoine no le hubiera dicho nada, como si ella hubiera aparecido de la nada.

Después de hablar con Helena durante unos diez minutos, Pierre subió las escaleras e irrumpió con una sonrisa en la habitación de Antoine.

—¡Buenas tardes, Antoine!

—¡Buenas tardes, mi amigo Pierre!

—¿Desde cuándo conoces a esa misteriosa mujer? —dijo Pierre mientras mostraba un gesto de desconfianza—. ¿Cuándo esperabas decírmelo?

Antoine hizo un gesto de respirar profundo antes de hablar. Después, comenzó a contarle toda la historia, explicándole que ella era una sirena y que quería poder adaptarla al mundo terrestre. La primera impresión de Pierre, como es lógico, fue la de pensar que Antoine tenía demencia senil y qué había perdido por completo su cordura.

Sin lugar a dudas, se había vuelto loco.

—Voy a hablar con el doctor Jean. El ataque al corazón te ha afectado al cerebro. Creo que no eres consciente de lo que estás diciendo.

—Antes de que vayas a ver el doctor Jean, ve al embarcadero donde está el barco. Allí hay una cámara de grabación de video que contiene la prueba. Solo así comprenderás lo que te estoy diciendo. Mira lo que contiene y después borra todo lo que haya en su interior.

—Así lo haré. Pero yo la sigo viendo como una mujer minusválida. ¡No veo nada misterioso en ello! No acabo de comprender cómo se te ha pasado por la cabeza llevar a una mujer a navegar en ese estado.

—Necesito que la ayudes a hacer todos los papeles. De la forma que se te ocurra.

—Así lo haré, Antoine.

—También necesito que entregues la captura a una clienta —dijo Antoine en voz baja mientras miraba a la puerta—. Ya sabes a qué me refiero. Tienes que entrar allí en el barco sin que te vean y sacarlo sin levantar sospechas.

De repente, sonó la puerta. Allí había un par de enfermeras, que traían a Helena, empujando la silla de ruedas.

—Aquí traemos a la señora Dupont —dijo una de las enfermeras—, que está preocupada y quiere ver a su marido.

—¡Hola, Pierre! —dijo Helena.

—¡Hola, Helena! —dijo Pierre sonriendo a Helena—. Ahora mismo voy a ir al embarcadero para coger unas cosas.

Tú te puedes quedar aquí para hacerle compañía mientras hacen unas pruebas a Antoine. Luego vendré por la noche para quedarme con Antoine.

—Me parece perfecto —dijo Antoine sonriendo.

—¿Se lo has contado? —dijo Helena a Antoine con un gesto de complicidad.

—¡Sí! —dijo Antoine en voz baja, aprovechando que no había enfermeras alrededor—. Por eso tiene que ir a buscar nuestro tesoro y venderlo al comprador.

—¡No comprendo que hayas destruido tu vida por esos trozos de metal! —dijo Helena con gesto de frustración.

—Ahora mismo —dijo Antoine—, mi mayor tesoro eres tú.

7

La prueba

La preocupación de Pierre por la salud mental de su viejo amigo Antoine resultaba como un peso en su conciencia. No era responsable de ello, pero, de alguna forma, se sentía culpable. Por otro lado, había otro asunto pendiente, el de la mujer misteriosa. No parecía claro conocer de dónde venía, ya que no tenía un acento claro de procedencia. A pesar de que Helena hablaba con bastante soltura, no tenía acento francés de ningún lugar. En cualquier caso, lo que más desconcertaba a Pierre de ella era que a veces decía frases en francés antiguo o medieval. Eso le llevaba a pensar que ella tampoco estuviera bien mentalmente, o que fuera una mujer obsesionada con la literatura francesa antigua.

La única forma de verificar la cordura de Antoine pasaba por ir hasta el antiguo embarcadero, para verificar el contenido comprometido de la cámara de video. Era algo que no le gustaba en absoluto a Pierre, debido a que lo más sensato era permanecer en el hospital junto a su amigo, especialmente, después de haber sufrido un infarto. No solamente le había pedido que fuera al barco, sino que, además, le había pedido discreción y acceder por la noche sin que nadie le viera, lo que lo hacía más sospechoso aún si cabe.

Se requería la acción de un ladrón de guante blanco, de igual forma que si se quisiera robar un cuadro en un museo.

Pierre salió del hospital, avanzó unos metros y se sentó en un banco para pensar cómo actuar. Estaba claro que no podía llamar a un taxi o a un conductor que le cobrase por ir, ya que son máquinas de contar historias ajenas, que era lo último que Antoine deseaba. Revisó su teléfono para mirar sus contactos locales en la isla, y encontró a su viejo amigo François, a quién llamó.

—¡Buenas noches! —dijo Pierre—. ¡Disculpa que te llame a estas horas!

—¡Buenas noches! —dijo François—. Pierre, ¿eres tú?

—¡Sí! —dijo Pierre en voz baja, mirando a ambos lados de la calle—. Necesito que me lleves al desembarcadero, al de siempre, no te lo pediría si no fuera importante.

—¿Dónde estás ahora? —dijo François preocupado—. ¿Te ocurre algo?

—En el CHU de Martinica, pero no por mí, sino por un amigo que está ingresado. ¡Ven y te explico!

François comprendió rápidamente que algo importante le estaba ocurriendo a su viejo amigo Pierre. En primer lugar, su amigo se encontraba en un hospital y, en segundo lugar, quería ir al puerto al anochecer sin ser visto. Lo pensó dos veces, pero finalmente decidió aceptar la misión. Se dirigió a su mujer y le explicó que saldría a tomar un par de cervezas con un viejo compañero que acababa de llegar a la isla, terminando con la estereotipada frase: «Llegaré pronto a casa».

—Si necesitas que vaya a buscarte —dijo la mujer de François mientras arreglaba las mangas de su camisa—, ¡llámame! ¡No conduzcas bajo los efectos del alcohol!

—Así lo haré.

Decidido, François cogió su coche y se dirigió hacia el hospital a recoger a Pierre. Ciertamente, aquello resultaba un tanto extraño, porque era un hecho excepcional que su amigo Pierre hubiera pedido tal servicio a esas horas del anochecer. El hecho de pasear por las calles sin gente, cuando solamente se pueden observar sombras, cuando se ve a todo el mundo en su casa cerrando las persianas y apagando las luces, siempre induce a pensar que es el momento en el que una familia normal debiera de estar en su casa. La noche siempre ha sido, y siempre lo será, el momento más propenso para moverse sin ser visto por los demás.

Pierre permanecía inmóvil, sentado en un banco de la calle, mirando al suelo y contemplando cómo alrededor ya solamente había algunos vehículos que entraban y salían al recinto hospitalario. A esa hora ya no circulaban coches ni peatones por las calles. Finalmente, un coche viejo irrumpió en su tranquilidad, concretamente un Peugeot 403.

—¿Esperando un taxi? —dijo François, bromeando.

—Esperándote a ti, ¡mi buen amigo!

Pierre se subió y le explicó a François el motivo principal del viaje inesperado. No entró en muchos detalles, pero fue suficiente con decir que su amigo había encontrado un pequeño botín y que había que sacarlo del barco cuanto antes. Por su parte, François no quiso saber más, por lo que mantuvo su boca cerrada todo el tiempo de viaje.

Al llegar a una distancia cercana al embarcadero, Pierre le dijo que parase ahí y que apagara el motor y las luces. Ambos se fijaron en que no hubiera absolutamente nadie caminando por las sombrías calles, ni tampoco que hubiera ventanas medio abiertas con luces encendidas.

—¡Espérame aquí mismo! —dijo Pierre mientras sacaba una linterna submarina de su bolsa—. ¡No tardaré mucho en venir!

A pesar de ser la primera hora de la oscuridad de la noche después de anochecer, en el embarcadero todavía había pescadores volviendo de faenar. Por ello, Pierre fue bastante prudente, siguiendo meticulosamente las indicaciones de Antoine.

Se sentó en un viejo banco, el cual estaba alejado, pero con suficiente visibilidad como para observar todo el oscuro lugar. A medida que transcurría el tiempo, todo el ambiente se volvía cada vez más oscuro por la llegada de la noche y la ausencia de la iluminación. De todas formas, Pierre fue paciente y esperó a que todos los allí presentes desaparecieran, dejando desierto el embarcadero. Avanzó sigilosamente, tal como lo haría un ladrón de guante blanco, hacia el muro que más se acercaba al barco. Se aproximó a la zona de las barcas que estaban en peor estado, algunas incluso abandonadas por sus antiguos dueños, donde se montó en una y remó muy despacio hasta el Clarissa Marie. Se subió con cuidado, tomándose su tiempo y fijándose en que nadie le viera. Una vez dentro de la embarcación, llamó por teléfono a Antoine.

—¡Ya estoy dentro! —dijo Pierre en voz baja—. ¿Dónde debo de mirar?

—Tienes que bajar a mi camarote personal —dijo Antoine en voz baja mientras miraba que no hubiera nadie cerca—. Según bajas las escaleras, la segunda puerta a tu derecha.

—Espera, que voy a bajar. ¿Cuál de estas es la llave?

—La que tiene la letra A de Antoine —dijo Antoine, sonriendo.

—¡Es verdad! —dijo Pierre sorprendido—. En serio, no me había fijado que hubiera una llave con tu inicial.

En medio de la oscuridad, Pierre usó su linterna y bajó con cuidado, silencioso, aun sabiendo que allí no había nadie. Al menos, pensaba que no tendría que haber nadie allí.

Siguiendo las instrucciones de Antoine, abrió el camarote y se encontró la cama sin hacer, además de una serie de papeles encima de la mesa que se encontraba a la derecha de la entrada. Pierre pudo contemplar los restos del café de Antoine por varios lugares de la habitación, ya que se notaba que se le había caído más de una vez, causado por el vaivén del barco.

El café no solo sirve para manchar la ropa, sino que también es capaz de dejar su huella imborrable en hules, delantales y alfombrillas.

—¿Dónde está la cámara? —preguntó Pierre al no encontrarla por los armarios.

—En una mochila azul marino que está escondida debajo de mi cama.

No era de acceso fácil, y por ello, Pierre tuvo que tirarse al suelo para poder sacarla. A simple vista, parecía la típica mochila casi cilíndrica de ir al gimnasio. A duras penas la pudo sacar fuera, ya que le resultó bastante incómodo acceder arrastrándose por el suelo y debajo de la cama, donde, además, había más cosas.

Al abrirla, Pierre contempló que había una cámara de video, y también un saco, el cual contenía las treinta monedas de plata.

—Acabo de comprender el motivo del secretismo —dijo Pierre, impresionado, mientras cogía las monedas con sus manos—. Es cierto que encontraste un tesoro, son doblones de plata, pero rarísimos de encontrar.

—Ese saco tienes que traer sin que nadie te vea —dijo Antoine en voz baja mientras miraba que nadie se fijase en él en el hospital—. Pero necesito que veas una sola vez la última grabación para demostrarte que no estoy mal de la cabeza.

Sin otra alternativa, Pierre encendió la cámara y buscó la última grabación. En ella se veía a Antoine con el traje de buzo, completamente emocionado, mostrando el tesoro que había encontrado.

—¡Sí! —gritaba Antoine en el video mientras mostraba las monedas—. ¡He encontrado treinta doblones de plata!

Pierre sonría mientras lo veía. Era una escena inolvidable, llena de energía positiva y felicidad. Pero, de repente, vio cómo la cámara hizo un vaivén, porque algo había saltado en el barco mientras Antoine se estaba grabando a sí mismo. Algo había irrumpido del mar en medio del baile de celebración.

—¡Aquí está mi buceadora! —decía Antoine al grabar—, sin olvidar a su compañero el tiburón limón. ¡Gracias! ¡Muchas gracias!

En el video se mostraba a la sirena, su cuerpo de casi cuatro metros, cola abundante y mitad de cuerpo como si fuera una especie de manatí. En apenas un par de minutos, se transformó en una mujer desnuda, en Helena. Toda esa escena se había grabado, hecho que podría ser catalogado como sobrenatural, fantástico e impactante. Cambiaría el rumbo de la historia para siempre.

Pierre se asustó y tiró la cámara. No podía concebir lo que estaba viendo. Su mente no podía aceptarlo. Resulta que lo que Antoine le había dicho era cierto. Antoine notó el susto de Pierre y la caída de la cámara.

—¿Me crees ahora? —dijo Antoine—. No encontré ese tesoro por casualidad. Lo encontraron una sirena y un tiburón limón, lo creas o no.

—¿Qué quieres que haga con este video? —dijo Pierre, impresionado.

—Bórralo de la cámara y de la tarjeta —dijo Antoine—. Después, rómpelo en pedazos, mételo al microondas y haz que todo se dañe. Por último, arrójalo todo a la basura. ¡No debe de quedar ningún rastro!

La mente de Pierre no paraba de dar vueltas a lo sucedido. Aquel video era comprometedor, pero la captura de Helena sería histórica y le haría inmensamente rico. La tentación le llevó a llamar a su amigo François para decirle todo lo que había encontrado, pero cuando se dispuso a hablar cambió de opinión.

—¿François?

—Al habla. ¿Qué necesitas?

—Nada —dijo Pierre después de unos segundos sin contestar—. Enseguida iré para el coche.

Pierre borró todo el contenido de la cámara, incluyendo el resto de las fotos y los videos que allí había. También destruyó la tarjeta y la metió en el microondas. Le dio al botón de calentar; apareció un chispazo a los segundos. Después de estar dañada electrónicamente, Pierre aplastó la cámara repetidas veces con un soporte metálico hasta hacerla trocitos y meterlos todos en un cubo con agua de mar. Seguido, los escurrió y los tiró a una bolsa de basura.

Recogió el tesoro y volvió al coche de su amigo François, deshaciendo todo el camino que había hecho previamente.

—¡Ya lo tengo! ¡Podemos irnos!

—Vale.

Ambos se dirigieron al lugar convenido que Antoine le había indicado donde tenía que ir para entregar las monedas de plata.

Allí, había una mujer estaba esperando, que era el contacto de Antoine para la venta de pecios y otro tipo de tesoros de dudoso origen. Pierre ya la conocía de anteriores entregas. Se trataba de Estela Hayden, una mujer panameña que estaba especializada en subastas privadas de este tipo de tesoros. Tan solo tenía cuarenta años, pero su pelo era demasiado canoso para su edad, motivo por el cual siempre se aplicaba tinte de color caoba.

—Ya lo tengo —dijo Estela a Antoine por teléfono en cuanto cogió la bolsa y vio el interior: las monedas.

—Ya sabes lo que tienes que hacer —respondió Antoine por teléfono.

—Te pagaré de la forma tradicional: mobiliario, instalaciones y reparaciones, tanto del barco como de tu casa en Gustavia.

—Necesitaré adaptar mi casa de invitados para mi mujer que necesita una silla de ruedas para moverse.

—Avísame cuando estés allí para comenzar con los trámites.

—¡Adiós, cariño!

—¡Cuídate, mucho!

El acto de encontrar un tesoro bajo el mar y querer apropiarse de ello viene condicionado por acuerdos internacionales. Hay un término común entre las diferentes leyes internacionales; se trata de la ubicación del naufragio en aguas territoriales de algún estado. De una forma sencilla, si se encuentra un tesoro en aguas territoriales de la isla de Martinica, es ilegal quedarse con ello. En caso de encontrarse en aguas internacionales, existen más ramificaciones legales y se complica más. De todas formas, siempre suele haber reclamaciones por el país del que el barco fuera originario, por lo que suelen aparecer disputas entre diferentes países que derivan en asuntos políticos.

Las empresas que se dedican a esto no pueden permitirse el lujo de perder todo su botín a un bajo precio, por lo que suelen devolver solo una parte: lo menos valioso. Así, treinta monedas de plata podrían valer treinta euros o trescientos mil euros, dependiendo del tipo de monedas que fueran. Por eso, muchos grupos que se dedican a la búsqueda de tesoros suelen tener enfrentamientos legales por apropiación indebida de pecios.

8

Rumbo a casa

Después de dos días de reposo se finalizó el cautiverio de Antoine en el hospital. A primera hora de la mañana, por fin, le dieron el alta para que pudiera irse a su casa. Para Helena, como para cualquier familiar que se precie, toda esta larga espera resultó angustiosa y a la vez nueva, ya que nunca había vivido algo así. Por otra parte, Pierre, el incondicional amigo de Antoine, ya había encontrado la forma de arreglarle los papeles a Helena; pero tendría que ser en San Bartolomé, donde estaba localizada la casa del matrimonio Dupont.

—Vamos a navegar hacia Gustavia —dijo Pierre a Helena, mostrándole un mapa en su teléfono móvil—, que es la capital de San Bartolomé: una isla de ultramar perteneciente a Francia, ubicada a ciento setenta y cinco kilómetros al norte del archipiélago de Guadalupe.

—El doctor ha dicho claramente que Antoine no está en condiciones de navegar —dijo Helena con voz firme y segura.

—Yo voy a ir con vosotros. Además, vendrá mi amigo Vincent. ¡No tenéis que preocuparos!

—¿Le conozco?

—¡No! Debe de estar esperando fuera del hospital. Ahora mismo le llamo para que suba y le conozcas.

Efectivamente, Vincent estaba tranquilamente fumando fuera. Siempre había sido un fumador empedernido, pero actualmente se estaba moderando bastante en el número de cigarros al día. Había bajado de tres cajetillas a una, lo cual significaba que había establecido un récord. Su criterio consistía en ir fumando menos progresivamente, hasta que llegase un punto en el que no le importase no fumar alguno al día. Como ocurre en cualquier otro lugar público, se puede decir que siempre hay zonas delimitadas para fumadores, las cuales deben de permanecer separadas, llegando a parecer como si los fumadores fueran discriminados socialmente. Aquí no fue una excepción, por lo que Vincent tuvo que permanecer fuera del recinto para poder fumar a primera hora de la mañana mientras esperaba las nuevas noticias de su amigo Pierre.

—¡Buenos días, Vincent!

—¡Buenos días, mi amigo!

—¡Ven! Te voy a presentar a Helena y a Pierre. Juntos tenemos que ayudarles a viajar a su casa.

—¡Será un placer acompañarlos!

En el último piso, Antoine ya podía corretear por todos los pasillos del hospital, molestando de vez en cuando a las enfermeras, contento de que ya tenía el alta para poder volver a su antigua rutina; pero todo cambió cuando el doctor Jean le explicó su delicada situación y todo lo que suponía.

—Le voy a ser sincero señor Dupont. Le recomiendo que vaya a su casa y que dedique el resto de tiempo que le queda de vida de la forma más tranquila que le sea posible. Honestamente, desconozco cuándo será el próximo ataque de corazón, pero le apostaría algo a que usted no sobrevivirá. ¡Lamento tener que ser tan claro!

Siguiendo las recomendaciones médicas, esas y otras, Antoine bajó a la sala de espera donde le esperaban Helena, Pierre y Vincent. Al aparecer por la puerta, todos mostraban una cara de alegría al verle, especialmente, el hecho de verle caminar con cierta naturalidad; pero, mientras tanto, el rostro de Antoine demostraba su tristeza interior. Él ya era consciente de que su vida estaba llegando a su final.

—¡El transporte adaptado nos espera! —dijo Vincent.

—¡Vámonos ya! —dijo Antoine.

Todos fueron en el miniautobús para subirse al Clarissa Marie, atracado en el puerto Débarcadère des pêcheurs, al lado de multitud de barcos pequeños de pesca. A esa hora matutina se podía contemplar el movimiento de los pescadores, la carga y la descarga de redes a las barcas. El olor a pescado era abundante, ya que se encontraba por doquier; no se podía caminar por el puerto sin encontrarse con alguna caja con un fuerte olor a peces de arrecife. La mayoría de los barcos eran barcas a las que se había acoplado uno o dos motores, por lo que se podría decir que era un ambiente humilde de pescadores.

Pierre y Vincent ayudaron a Helena a subirse al barco, guardando con cierta dificultad su silla de ruedas en su camarote. No tenían muy claro cómo agarrar esa silla, especialmente, para que no estuviera moviéndose constantemente durante el viaje marítimo, pero, finalmente, consiguieron engancharla en una zona que la dejaba en suspensión.

Cargaron todo lo que Antoine les había pedido, siguiendo las peculiares y maniáticas instrucciones de su capitán, el cual le daba vueltas a la forma de colocar las cosas. Nada se podía colocar allí sin que él pusiera pegas. La ventaja de estar solo en un recinto se basa en no tener que discutir con nadie sobre cómo colocar cada cosa. Hacía falta un detallado manual de cómo encontrar el lugar correcto para cada paquete.

Una vez todo preparado, encendieron el motor de la embarcación y soltaron el amarre del puerto.

—¡Rumbo a Gustavia! —dijo Antoine, motivado y sonriendo mientras abrazaba a Helena.

En primer lugar, tenían que salir de la bahía de Fort-de-France, que era una gran bahía de la capital de Martinica. Para ello, tenían que navegar lo suficiente hacia el oeste para luego comenzar con la ruta hacia el norte.

—Acércate por Saint-Pierre —dijo Antoine, mostrando el mapa GPS en su teléfono—, para que Helena pueda contemplar otros maravillosos puertos pesqueros.

—¡Claro, señor! —dijo Vincent mientras manejaba el timón.

De igual forma que una pareja de jubilados, Antoine se había sentado al lado de Helena, viajando juntos y compartiendo el tiempo restante. Quería aprovechar este viaje para mostrar a Helena algunos parajes costeros que merecía la pena ver. Y no se equivocaba.

No tardaron mucho en alcanzar el islote Rocher de la Perle, lo cual significaba que ya habían rodeado la isla y, por tanto, se terminaba el paraíso de Martinica. Después, tuvieron que continuar por el mar en dirección al norte.

—La siguiente isla es Dominica —dijo Pierre—. Pronto divisaremos Scotts Head.

—Esa zona parece como una montaña que avanza hacia el mar —dijo Antoine mientras la señalaba con el dedo—, creando acantilados desde la zona de las viviendas hasta el océano. Para sus habitantes, el privilegio de poder contemplar el mar cada mañana es algo natural. En general, el ambiente es humilde y tranquilo.

Por el camino, también se acercaron hacia un entrante, Soufriere Bay, desde el cual se podía contemplar la hermosa y radiante playa. Los prismáticos de Antoine eran la mejor herramienta del momento, algo que compartía tanto con Pierre como con Helena.

—En esa playa —dijo Antoine mientras apuntaba con su dedo—, dormí con mi mujer hace diez años. Recuerdo, como si hubiera sido ayer, que comenzamos a bailar y a celebrar una gran fiesta local; pero la situación se nos fue de las manos y terminamos durmiéndonos allí. De hecho, un cangrejo ermitaño caribeño me despertó.

Todos se rieron por la broma, pero hay una diversidad de cangrejos por el mundo y hay algunos que pueden hacer un daño sorprendente con sus quelas, también llamadas pinzas o tenazas. Afortunadamente para Antoine, este no fue uno de esos casos. Este cangrejo ermitaño es conocido internacionalmente porque utiliza una concha para proteger su débil cuerpo, el cual no resulta tan consistente como otro tipo de cangrejos. En muchas ocasiones, esta cáscara suele haber pertenecido a un caracol marino. A medida que el cangrejo va creciendo, tiene que mudarse de una concha a otra más grande.

La ruta de la embarcación prosiguió, pasando por Pointe Michel y Loubière. Al alcanzar la playa de Loubière Beach, se acercaron un poco más a la costa para poder contemplar todos los puertos y los pequeños embarcaderos. En general, todos poseían esa magia del caribe, que viene a asociarse con las palmeras, un sol imponente reflejado sobre la arena y esa agua transparente que permite ver los pies de quien camina con el agua por las rodillas.

Al llegar a Roseau, todos los tripulantes del Clarissa Marie comenzaron a sentir admiración por los grandes barcos que entraban y salían de la capital de este país, que pertenece al Caribe anglófono. Una vez que habían pasado Mahaut, Saint Joseph y Mero, el aspecto de la costa cambió, convirtiéndose en la típica imagen caribeña de pequeñas ciudades con pequeños embarcaderos. Se volvió un ambiente más humilde y sencillo. Al alcanzar el norte, se encontraron con la ensenada de Portsmouth, que terminaba en el saliente formado por un parque nacional Cabrits.

—Allí he buceado yo hará unos años —dijo Antoine mientras cogía sus prismáticos y se los ponía a Helena—. Recuerdo perfectamente la ruta con mi mujer, Clarissa Marie, y una pareja, Julianne y Claude. Paseamos a través de unos magníficos bosques tropicales y también vimos los cañones de la guarnición de Fort Shirley. Por allí, hay varias rutas de senderismo excelentes para pasear contemplando la naturaleza en la más absoluta tranquilidad. Me viene a la mente cada frase de Clarissa Marie, a quien le encantaron aquellos arrecifes de coral y los humedales tropicales.

Al norte del parque se encontraba la bahía Douglas Bay, en la que continuaron la ruta: pasando por Savanne, Toucari, Cottage, Clifton y Capuchin. Habían alcanzado ya el final del país, y por ello, se tenían que dirigir a rodear Guadalupe.

—Ahora tenemos que dirigirnos hasta Terre-de-Haut —dijo Vincent.

—Pertenece al archipiélago de Los Santos —dijo Pierre.

—¿Habrá llegado ya a dos mil habitantes? —preguntó Antoine.

—No creo —dijo Vincent.

Moviendo el timón, Vincent dirigió el rumbo hacia Vieux Fort, que indicaría el comienzo de la isla de Guadalupe. En apenas unos minutos, pudieron comenzar a visualizar tierra.

—Vamos a echar el ancla en Deshaies para parar a comer algo —dijo Antoine.

La ciudad de Deshaies se encuentra al norte de la isla, encima de Pointe-Noire. Por ello, la embarcación tuvo que recorrer toda la costa, pasando por varias ciudades importantes: Basse-Terre, Baillif, Vieux-Habitants, Bouillante y, finalmente, llegaron a Point-Noire.

—Ahí nací yo —dijo Vincent—. Mi madre todavía vive allí.

—¿Quieres que paremos para ir a verla? —dijo Antoine.

—La veré a la vuelta —dijo Vincent, mostrando un rostro de alegría mientras miraba a la imponente ciudad.

Avanzaron un poco más, guiándose por la costa, rodeando el saliente de Deshaies y acercándose a la ensenada Gand Anse, con cuidado de mantenerse a una cierta profundidad.

—Ahí está la playa de Grand Anse —dijo Antoine.

Helena permaneció tranquila durante todo el viaje, como una mera observadora. No abrió la boca en ningún momento y solo se dedicó a estar contemplando todo aquello que Antoine quería mostrarle. Ella comprendía que ese era el deseo de Antoine.

A pesar de que ninguno lo sabía, Helena podía sentir perfectamente los ruidos de la sangre, el golpeo del corazón y de la respiración de un pez, por lo que también lo podía hacer con los seres humanos. Su intuición le decía que a Antoine ya no le quedaba mucho de vida, ya que podía llegar a sentir las arritmias de los latidos de su corazón y la incorrecta respiración cuando él estaba lo suficientemente cerca. En algunos momentos, ella tenía dudas, pero rápidamente pudo contrastar con los golpeos del corazón de Pierre y Vincent, dándose cuenta de la diferencia.

Estaba claro que ella disponía de las llaves de la puerta de salida: solamente tendría que lanzarse al agua y desaparecer; pero no hizo tal cosa y decidió quedarse con él.

Vincent no sabía nada acerca de ella, por lo que la trataba como si fuera una mujer normal, aunque con discapacidad motora. Antoine y Pierre se estaban planteando si contárselo a Vincent, o simplemente, no decirle nada. Al fin y al cabo, Vincent tendría que volver a su casa en cuanto Antoine estuviera en la suya. Era alguien que desaparecía de esta historia en cuestión de un par de días.

—En el congelador hay pescado congelado —dijo Vincent en voz alta mientras revisaba el interior de la nevera y del congelador.

—También hay algunas algas marinas —dijo Antoine, mirando a Helena—. Hace unos días, compré en un mercado varias algas: ulva, dulse, gracilaria, espirulina y sargazos.

—Queda algo de sargazos —dijo Pierre, mostrando el bote—. Alguien ha comido bastantes algas.

—¿Qué quieres Helena? —dijo Antoine.

—Sargazos —dijo Helena—. Me encantan ese tipo de algas.

—¿No te gusta el pescado común? —preguntó Vincent—. También hay carne congelada.

—No me gusta la carne —dijo Helena.

—¿Eres vegetariana? —dijo Vincent.

—Algo así —irrumpió Antoine para intentar cortar la incómoda conversación—. Ella tiene una alimentación muy especial.

Bajo un sol de justicia, Pierre y Vincent pusieron música. Comenzaron a cocer el pescado mientras cantaban y bailaban.

Todo era divertido alrededor, se podía palpar la felicidad en toda la tripulación del Clarissa Marie. En cambio, Helena no decía nada y le molestaba ver cómo los humanos comían el pescado; pero comprendía que era parte de su alimentación, igual que algunos peces comen a otros peces.

Después de una amena comida, llegó el momento de encender motores y levantar anclas. En este caso, se encendió el motor del Clarissa Marie y se levantó la única ancla de la que disponía. Se dirigieron hacia el norte, rodeando la isla Kahouanne y dirigiéndose hacia la isla de Monserrat.

—Vamos a pasar cerca de Monserrat y luego cerca de San Cristóbal y Nieves —dijo Vincent—. Dejaremos a la derecha Antigua y Barbuda.

—Esta isla pertenece a los británicos —dijo Antoine, mostrando un mapa que llevaba en la cabina—. Es un territorio británico de ultramar y forma parte del Caribe anglófono. Sin embargo, el nombre se lo puso Cristóbal Colón en 1493, procedente de la montaña de Montserrat, localizada cerca de Barcelona.

—En esa isla se encuentra el volcán Soufrière Hills —dijo Pierre—, que es el más activo de todo el Caribe.

—Ahora pasaremos por la bahía, Trant's Bay —dijo Antoine—, en cuyo alto tienen un punto de vigilancia del volcán. En el año 1995, ese terrorífico volcán entró en erupción y destruyó completamente la ciudad de Plymouth.

»¡No sé cómo pueden seguir viviendo ahí tranquilamente!

El Clarissa Marie navegó cerca de San Cristóbal y Nieves. Pero para no desviarse mucho de su destino, se dirigieron directamente hacia la isla de San Bartolomé. Ninguno de ellos quería que se hiciera tarde, ya que pueden existir limitaciones para entrar de noche en los puertos, debido a ciertos factores: visibilidad, tamaño del barco y complejidad del paso de acceso. También hay otro punto importante, la posible ausencia del práctico del puerto: que es la persona que garantiza la navegación y asesora las maniobras de entrada y salida de un puerto.

Al acercarse al puerto de Gustavia, el barco pasó entre las dos islas más próximas: Les Gros Ilets y Les Petits Saints. Son dos islotes localizados enfrente del puerto, fáciles de ver durante el día, pero traicioneros durante la noche. La embarcación pudo entrar a atracar sin dificultad, gracias a que apenas había algo de mar de fondo.

—Vincent se queda aquí con el barco para hacer todo el lío —dijo Pierre.

—Vamos a ir a nuestra villa de vacaciones —dijo Antoine—. Así, no tenéis que preocuparos por la estancia, ya que allí hay habitaciones para cuatro personas.

—¿No tienes inquilinos de alquiler? —dijo Vincent.

—Me temo que no, desde el año pasado —dijo Antoine.

—Yo me encargo de todos los trámites del Clarissa Marie —dijo Vincent—. Luego nos vemos en la villa, en la ensenada Anse des Cayes.

El trámite de los pasaportes fue relativamente sencillo. Pierre había hecho el de Helena como si ella hubiera nacido en Martinica y fuera esposa de Antoine Dupont. El resto fue un mero trámite para él, algo muy sencillo de hacer para alguien que dispone de los contactos necesarios. No siempre se basa todo en ser bueno, sino en tener el contacto y la disponibilidad de aquel que lo es.

Después de pasar todos los controles, un amigo de Antoine pasó a buscarlos en su minibús, en el que cabían unas nueve personas. El trasbordo por carretera fue corto. De hecho, llegaron en solo diez minutos.

Al llegar, Helena se dio cuenta de que la ensenada mostraba una playa bastante apagada, con poca confluencia de barcos, lo cual suponía una gran diferencia respecto a los otros puertos que habían visto durante el día. Parecía un lugar que ofrecía calma y tranquilidad al visitante, ya que no se veía mucha gente paseando por la playa ni por las calles. Sin embargo, en el horizonte se estaba mostrando un atardecer magnífico, digno de un cuadro pintado por encargo para un rico.

Al llegar a la villa, Antoine se fue a la cama, por supuesto, después de tomar la medicación que le habían recetado. En cambio, Pierre y Helena se quedaron observando el mar. Las olas golpeaban las rocas de forma síncrona, creando una onda sonora que se repartía por toda la playa.

Todo aquello era una suma de vibraciones positivas, como una especie de música medicinal para los oídos de cualquier ser humano; pero para Helena era como una llamada de atención para que volviera al mar.

—¡Tú no tienes porqué quedarte si no quieres! —dijo Pierre a Helena mientras la miraba a los ojos—. Eres libre de volver al mar, que es de donde procedes.

—Lo sé —dijo Helena mientras miraba atenta al mar—. Aquí, en tierra, donde vivís los humanos, yo solo soy una carga, una molestia, un objeto pesado.

—Eres una nieta de Zeus —dijo Pierre—, ¿no es cierto?

—Así es —dijo Helena, sonriendo—. Soy una de las vigilantes del mar.

—¿Hay más como tú? —dijo Pierre.

—¡Sí! —dijo Helena—. Pero con el avance tecnológico del ser humano, su contaminación y su invasión marina ya no podemos llevar a cabo nuestro trabajo como lo hacíamos antaño. Los tiempos cambian.

—¡Hola, Zeus! —dijo Pierre mientras rezaba con sus manos juntas—. Espero que me estés oyendo. Me gustaría pedirte que dejases que Helena pudiera vigilar nuestros pequeños puertos pesqueros.

—Él no suele escuchar a humanos —dijo Helena, riéndose—, pero te doy las gracias por la proposición.

Lo que no sabían es que Zeus sí que le había escuchado. Y le pareció bien.

9

El continente hundido

Durante la primera noche en la villa, Helena no fue capaz a dormir. Al contrario. Se pasó todo el tiempo con los ojos cerrados sintonizando su mente con el mar, percibiendo el movimiento de las olas y su final destino contra las rocas.

De alguna forma, era su particular meditación, algo que llenaba su interior de energía positiva. Sin embargo, el motivo de que no pudiera dormir se debió a que había algo dentro de ella que incomodaba su tranquilidad. Seguía quedando en el aire esa incertidumbre de decidir si volver a estar en el mar o quedarse en la tierra de los humanos. Muchos pensamientos afloraban en su interior, incluyendo antiguos recuerdos de otras eras de un pasado muy diferente; pero todos ellos resultaban difíciles de comprender y se juntaban los unos con los otros mientras abrumaban a Helena. Había una lucha interior en su mente que no parecía llegar a su fin.

Ese día el sol salió con fuerza, irradiando y realizando su trabajo de transmitir esa energía positiva que necesitan los seres vivos para trabajar. De repente, algo irrumpió en medio de la tranquilidad de sus pensamientos. Helena abrió los ojos porque le pareció recibir un mensaje en la cabeza, pero de un mensaje que no era para ella, algo muy extraño.

—¡Deseo concedido! —dijo una voz de hombre.

Pierre se despertó de golpe, aunque completamente alterado. Se puso algo de ropa todo lo rápido que pudo y comenzó a buscar a Helena por toda la villa. Al no encontrarla por el interior, se decidió a salir a buscarla por la terraza.

—¡Sé que no me lo vas a creer! —dijo Pierre emocionado—, pero acabo de recibir un mensaje en mi cabeza.

—Zeus te ha contestado.

—¡Sí! —dijo Pierre sorprendido—. ¿Cómo lo sabes?

—Lo he oído.

—¿Qué va a pasar ahora? —dijo Pierre mientras se sentaba al lado de Helena.

—Tu deseo se cumplirá —dijo Helena con gesto de aceptación mientras miraba al sol—, pero pagarás un precio por ello. Será alguien cercano a ti, o algo que valores mucho.

Eso era algo con lo que Pierre no contaba. Es bien sabido que siempre que se piden favores a los antiguos dioses, se debe pagar un tributo. De hecho, hay multitud de historias y leyendas en las que se debe hacer un sacrificio de algún ser vivo. Nadie concede nada por nada, siempre hay algo más, aunque no se vea.

Pierre movió su silla para acercarse más a Helena, ayudándola a colocar correctamente la silla de ruedas, porque se estaba enterrando en la arena y comenzaba a tener cierta dificultad para moverse. Aprovechando que era la hora del amanecer, ambos pudieron disfrutar de unas vistas privilegiadas, además de la disponibilidad del tiempo para continuar contemplando el mar. Si hay algo mejor que una gran vista, es disponer del tiempo necesario para poder disfrutar del momento.

A simple vista, no parecía verse ningún pez, ni nada que se moviera por el mar; pero, de repente, pudieron ver la cola de una ballena jorobada. Eso alegró mucho a Helena, que podía sentir la libertad de movimiento y la energía que usaba la ballena para salir a la superficie. Su cara se cambió, transformándose de un gesto de meditación a felicidad por observar tal evento. Percibir a la fauna marina causaba a Helena una recompensa positiva que la llenaba por dentro de felicidad y bienestar.

—Esa especie de ballena puede llegar a medir de doce a dieciséis metros —dijo Helena mientras hacía indicaciones con sus manos—. Tiene una habilidad divina para alimentarse de kril y peces pequeños, como por ejemplo, la técnica de la red de burbujas.

—¿Cómo es esa técnica?

—Varias ballenas nadan en círculos concéntricos soltando burbujas por los espiráculos bajo los cardúmenes de los peces. El anillo de estas burbujas rodea el cardumen de peces, cerrándose progresivamente, llegando a confinarlos a todos en un cilindro que se va convirtiendo cada vez en otro más pequeño. Entonces, de forma súbita, las ballenas se lanzan sobre ellos.

—¡Qué seres tan inteligentes! —dijo Pierre mientras se aproximaba hacia la orilla para contemplar a la imponente ballena.

—Tanto los machos como las hembras pueden emitir vocalizaciones; pero solo los machos crean esos cantos largos, fuertes y complicados.

—¿Tú comprendes ese lenguaje de las ballenas?

—¡Sí! —dijo Helena mientras cerraba los ojos y sintonizaba para sentir cada movimiento de la ballena.

A pesar de no saber leer bien, Helena había recibido en su larga vida numerosas lecciones habladas de biología marina, incluyendo el poco tiempo que había estado con Antoine. Ella contemplaba los diferentes libros, especialmente sus imágenes, mientras que él explicaba lo que contenía en su interior. ¡La importancia de saber la práctica, pero no la teoría!

—¡Buenos días! —dijo Vincent, interrumpiendo la conversación de las ballenas jorobadas.

—¡Buenos días! —dijo Pierre—. ¿Ya te vas para el puerto?

—¡Sí! —dijo Vincent—. A las doce en punto saldrá el barco Minor hacia Guadalupe, así que tengo que irme ya.

—¡Espera! —dijo Pierre—. Vamos a desayunar algo y después te acompaño hasta el puerto. Tengo que terminar de revisar unas cosas en el barco.

—¡No tengas prisa! —dijo Vincent—. Tienes todo el día para ir a revisar lo que quieras del barco.

Antoine continuaba durmiendo, a pesar de que ya eran las diez de la mañana. De hecho, dormía profundamente y sus terribles ronquidos se oían desde el salón principal, el cual estaba debajo de su habitación. Mientras tanto, Pierre y Vincent prepararon un café con tostadas para ellos, mientras que a Helena le prepararon un té llamado Thé-Péyi, que habían comprado previamente en la isla de Martinica. Honestamente, no sabían si a Helena le iba a gustar o no; pero había que intentarlo.

—Prueba esto —dijo Vincent, ofreciéndole una taza a Helena.

—¿Qué es? —dijo Helena con un gesto de sorpresa y curiosidad al mismo tiempo.

—Té del Caribe —dijo Vincent—. ¡Pruébalo!

Ella lo olió con tranquilidad, intentando recordarlo de antaño, dándose cuenta de que nunca había tomado algo así. Se fijó en que era agua con restos de plantas, pero se dio cuenta de que no se trataba de las algas que le gustaban a ella. De todas formas, se envalentonó y lo probó.

—¡Delicioso! —dijo Helena mientras saboreaba la infusión—. Me gusta mucho; se nota que es algo hecho de plantas.

Helena cerraba los ojos y recordaba otros momentos de paz que había vivido en la tierra; pero siempre era en una situación diferente relacionada con estar viéndose a escondidas con alguien. Por fin, ella parecía estar tranquila, en paz, sin ser perseguida ni tener que esconderse de nadie. Todo lo contrario que ocurría en siglos anteriores, ya que las sirenas eran altamente codiciadas.

—¿Es normal dormir tanto? —dijo Helena, refiriéndose a Antoine.

—Tiene que descansar lo que le pida el cuerpo —dijo Pierre—. También influye, la medicación que toma. De todas formas, a las once le despertaremos para que salga a la terraza con nosotros.

Vincent se acercó a su habitación a por sus cosas y después se dirigió hacia la salida de la villa para despedirse de Pierre y de Helena. Él había sido capitán de barco. Había trabajado en viajes internacionales y pasando gran parte de su tiempo en alta mar. Todo cambió cuando Anaïs, su mujer, se quedó embarazada de una niña, Camille. A partir de ese momento, él decidió dedicarse a la pesca local y permanecer más tiempo cerca de su familia.

Vincent se marchó a su hogar. En medio del silencio, algo irrumpió en la mente de Pierre. Algo, además, muy común en los hombres y muy utilizado en la cultura popular.

—Me gustaría preguntarte algo acerca de un secreto del mar —dijo Pierre.

—¡Claro! —dijo Helena riéndose—. ¿Qué secreto quieres saber?

—¿Dónde está la Atlántida?

—¿Te refieres a «Atlantís nēsos»? ¿A la isla a la que se refería Platón en sus diálogos entre Timeo y Critias?

—¡Sí! —dijo Pierre animado—. ¿Sabes dónde está?

Helena se rio, porque siempre habían relacionado a las sirenas, seres del mar, con Atlantis, estado asociado inevitablemente con el mar.

—En primer lugar —dijo Helena riéndose—, en esos textos se hablan de un estado idealizado que no existió. Yo he tenido el honor de haberlo leído en griego hace miles de años.

»Te garantizo que Poseidón no fue rey de ninguna isla. De hecho, rara vez sale del mar.

Pierre buscó en uno de los muchos libros que tenía Antoine en sus estanterías. Allí, en un libro concreto, se podía ver el mapa del Atlántico, donde se muestran las placas tectónicas y la dorsal mesoatlántica, que cruza el océano de norte a sur. Se lo enseñó a Helena, a ver si era capaz de identificar la localización de la Atlántida.

—Hace muchos años —dijo Helena—, pero no sabría decirte cuantos, una parte de lo que vosotros llamáis la placa tectónica africana, se encontraba más elevada y esa dorsal montañosa estaba más levantada que ahora, creando tierra donde ahora hay mar. No estoy segura, pero precisamente los picos más elevados son ahora las islas de tu mapa —decía mientras indicaba con el dedo a las Islas Canarias y a las Azores—. Por un motivo que desconozco, esa placa tectónica se hundió en poco tiempo, causando la subida del nivel del mar en esas zonas.

—¿Pudo pasar cuando la civilización todavía no conocía el océano atlántico? —dijo Pierre.

—Probablemente —dijo Helena—. Ten en cuenta que el tiempo de la tierra es muy diferente al del ser humano. Por ejemplo, hace años, el nivel del mar estaba más alto que ahora, por lo que ahora hay tierra donde antes había agua. Exactamente al revés que vuestra ideada Atlántida.

—Entonces, ¿el mito de la Atlántida no es como nos lo han contado?

—Para nada —dijo Helena riéndose—. Lo lamento. Es cierto que hay áreas de la tierra que estuvieron sobre el nivel del mar y luego pasaron a estar debajo.

Sorprendentemente, Helena señaló varios lugares en el Mediterráneo y otros por el océano Pacífico donde hubo islas que hoy están hundidas bajo el nivel del mar; pero el momento cumbre llegó cuando indicó una zona que se encontraba entre las Azores y las Islas Canarias, que fue cuando ella comenzó a cerrar los ojos y recordar una isla muy grande.

Antoine irrumpió el gran momento en el que alguien podría desvelar la localización de la Atlántida, causando que Helena perdiera su concentración y se olvidara temporalmente. Se levantó de la cama, haciendo bastante ruido, se vistió y bajó a ver cómo estaban los demás. Su aspecto mostraba tener cansancio, pereza y pocas ganas de hacer cualquier actividad. No había ánimo en él, sino una profunda tristeza.

—¡Buenos días! —dijo Antoine.

—¡Buenos días! —dijo Helena sonriendo de verle.

—Voy a preparar una comida marina y vamos a disfrutar del día —dijo Pierre.

Antoine se fijó en Helena, se sentó junto a ella y la abrazó mientras contemplaba el mar. Sacó sus prismáticos, como de costumbre mañanera, y observó algunos grupos de delfines y a la ballena jorobada que rondaba por los alrededores, aunque a una cierta distancia.

—¿De qué estabais hablando? —dijo Antoine.

—Helena sabe dónde estaba la Atlántida —dijo Pierre sonriendo mientras mostraba el libro con el mapa del océano Atlántico.

—¡Es cierto! —dijo Antoine con cara de sorpresa—. ¡Tú tienes que haber conocido la mítica Atlántida!

—¡No es cómo os lo han contado! —dijo Helena.

Pierre le explicó todos los comentarios de Helena respecto a la deseada Atlántida, que no era más que un continente hundido, pero en el que no había una civilización hiperavanzada como aseguraba Platón. El hecho de hablar acerca de encontrar tal hallazgo cambiaría la historia para siempre.

Para aportar más datos a la amena conversación, Antoine fue a su biblioteca personal a buscar un libro antiguo en el que se describía cómo era la ciudad conocida, para explicarle a Helena acerca de la supuesta ciudad que poseía el sistema de canales circulares.

—Muchas veces hablamos de la Atlántida como un continente —dijo Antoine mientras mostraba un mapa del libro—, pero lo que queremos encontrar es una ciudad derruida en el fondo del mar en la que se encuentre algún indicio de que realmente perteneció a la Atlántida. Eso lo cambiaría todo.

Helena se fijó en los dibujos que realizaba Antoine en su cuaderno para intentar demostrar sus teorías. Algunas resultaban disparatadas y Helena refutaba rápidamente las teorías más conspiranoicas. El problema era que ella se confundía con los canales de otros lugares, como por ejemplo, Venecia. También se equivocaba con las islas, porque conocía varias islas en el mar Mediterráneo que también se habían hundido por terremotos o volcanes. Todo parecía pertenecer a una historia inventada, formada por varias historias diferentes.

—Cuando me ponga bien —dijo Antoine sonriendo—, vamos a ir a buscar la Atlántida. Si alguien puede encontrarla, es Helena.

Helena y Pierre dejaron de mostrar su sonrisa, puesto que eran conocedores del estado de salud de Antoine. Sabían perfectamente que no se llegaría a realizar semejante viaje, al menos con Antoine.

El día transcurrió con cierta normalidad; pero Antoine no parecía disfrutar como debería, o al menos, como lo hubiera hecho en otras ocasiones. Su mente estaba perdida, dubitativa y desviada de la realidad. En el fondo comprendía su situación y sabía que no iba a poder volver a navegar nunca más. De todas formas, siguieron mirando mapas, imágenes y videos en la web para continuar averiguando más y dar más información a Helena, quién sí sería capaz de encontrar el continente hundido.

10

El mundo moderno

El día anterior, los medios de comunicación habían avisado de que habría riesgo de la llegada de un temporal marítimo, lo cual implicaría la presencia de grandes olas que azotarían la costa. Es por ello por lo que todos los barcos permanecían bien atados desde la tarde anterior, intentando resguardarlos, de alguna forma, en las zonas más seguras posibles. A medida que se iba metiendo la oscura noche, las olas del mar fueron adquiriendo cada vez más fuerza, aumentando el sonido que causaba la violenta colisión del agua contra las rocas.

Toda esa vibración del mar era captada por Helena como una música que invadía su cuerpo, de la misma forma que la meditación para ciertas personas. Ella intentó descansar en su cama, como lo haría cualquier ser humano; pero a mediano-che su cuerpo estaba plenamente conectado al océano y era incapaz de dormir. Sin otro remedio, se dirigió hacia la calle a contemplar el fantástico espectáculo marino. Eso que tenía delante era la mejor música para sus oídos. Algunas olas llegaban a golpear a la villa, mojando parcialmente la pared e incluso algunas ventanas.

—¿A dónde vas con este temporal? —dijo Pierre después de que ella le hubiera despertado al haber movido la silla de ruedas dentro de la villa.

—Voy a ir a nadar un rato —dijo Helena mientras cogía una toalla de playa—. Quiero disfrutar de las olas, las corrientes y la espuma. No puedo dormir más en la cama con esas sensaciones en mi cabeza.

—¿Pero tú has visto el tamaño de esas olas? ¿Hay olas de tres y cuatro metros?

Decidida, Helena se quitó la ropa y salió desnuda fuera a la terraza para moverse hacia la playa, acercándose lo más posible al agua. El mar estaba tan fuerte que algunas olas llegaban a entrar dentro de la villa, mojando los pies de Helena.

Ella dejó su silla en manos de Pierre, se quitó la ropa y se lanzó encima de una ola que se acercó demasiado, para que la corriente de vuelta la introdujera hacia el agua. Se transformó rápidamente en sirena y comenzó a nadar entre las olas, disfrutando como si fuera una niña que acababa de entrar a un parque de atracciones. Pierre pudo comprobar cómo Helena se movía a una velocidad muy rápida, que era capaz de subir a la contra de una ola y conseguir dar una vuelta en el aire, igual que una moto cuando trepa por un tipo de pared vertical para terminar dando una voltereta en el aire. El imponente tamaño de las olas, la traicionera resaca del mar o las escondidas rocas no suponían ningún tipo de desafío para ella.

Antoine se despertó para ir al baño; pero de camino se dio cuenta de que Helena no estaba en su habitación. Le extrañó no verla por allí, motivo por el cual, después de ir al baño, bajó a la planta baja a buscarla. Allí contempló cómo la puerta de la villa estaba abierta en medio de un temporal, mientras el agua estaba entrando por la rendija inferior de la puerta.

Después de revisar cuidadosamente toda la planta baja, Antoine se percató de que Pierre tampoco estaba en su habitación, por lo que decidió salir a la calle a ver si tenía más suerte. Y la tuvo, porque le encontró sentado, mientras el mal le estaba mojando los pies.

—¡Hola, Pierre! —dijo Antoine sorprendido—. ¿No deberías estar durmiendo?

—¡Hola, Antoine! —dijo Pierre mientras miraba al océano.

—No me digas nada. Helena ha ido a nadar.

—Nada de esto que estás haciendo tiene sentido. Para empezar, esa mujer no es una mujer de verdad, sino un pez con forma de mujer. ¡No pertenece a la tierra que pisamos! ¡No es un ser humano como tú o yo!

—Ella es mitad humana, mitad pez. Pero reconozco que es una mujer muy extraña y diferente respecto a las que conocemos habitualmente.

—También hay otro gran inconveniente en ella, además de que no sea completamente humana.

—¿Te refieres a su invalidez? —dijo Antoine, haciendo el gesto de los brazos de una persona que necesita una silla de ruedas.

—Eso es un inconveniente, pero no al que me refiero. Hoy en día, la tecnología ha avanzado y no sé si ella podría adaptarse. Me refiero a que ella es una viajera del tiempo, ya que su última educación de lectura fue a finales de la Edad Media. ¡A veces habla latín y otros idiomas antiguos!

Antoine suspiró, pero no dijo nada. Reconocía que todo lo que decía Pierre era cierto. De alguna forma, ella había viajado al futuro, pero por muchas centurias, además, la adaptación de la era actual vista desde la Edad Media suponía todo un desafío, pero no solo para ella, sino para cualquiera. Desde un punto de vista tecnológico, ella era como una niña pequeña de dos años.

—Quizás sea un poco egoísta —dijo Antoine mientras ponía su mano encima del hombro de Pierre—, pero me gustaría pasar el poco tiempo que me quede con ella. Por eso estoy tratando de que se adapte, para que pueda estar aquí el tiempo que ella desee.

—He estado viendo todas las obras que has hecho en tu casa de invitados —dijo Pierre, indicando con su dedo todo aquello que estaba en su campo de visión y que había sido modificado por los obreros—. Todos los cambios han sido para facilitar el movimiento de una persona en silla de ruedas. Cada uno de esos cambios se ha realizado exclusivamente para Helena. ¡Ahí no hay nada para ti! Ya no piensas en tu persona, sino que solo lo haces para ella.

Así era. Pierre decía lo correcto y describía lo que en realidad estaba sucediendo en esa villa. Todas las modificaciones se habían hecho para permitir el acceso a lugares elevados, la subida motorizada de las escaleras, barras de soporte de brazos por diferentes lugares. Incluso, se habían sustituido algunos armarios altos, por otros más bajos y con mejor acceso, que, por cierto, valieron un pastón. En algunos rincones de la casa había barras de varios tipos, que servían como prolongación del brazo humano para poder acceder a ciertos lugares con manecillas o cajones.

—Sé qué piensas que estoy dilapidando mi dinero —dijo Antoine mientras hacía gestos con sus manos hacia el interior de la villa—. Pero es que no voy a gastar el dinero en otra cosa y no va a ser para nadie.

—Ella es un ser inmortal, una especie de semidiosa del mar. No es de nuestro mundo. No es de nuestro tiempo. Su lugar no está aquí.

—Es cierto —dijo Antoine, resignado—. De todas formas, ella quiere permanecer aquí conmigo, incluso contigo también.

Todavía no es capaz de entender la rápida mortalidad de los seres humanos.

Ambos pasaron la última mitad de la noche hablando del incierto futuro de Helena en la tierra, lugar al que ella, claramente, no pertenecía.

Debido al fuerte temporal, no se pudo observar el típico amanecer caribeño, algo maravilloso para cualquier ser humano que se precie. Al contrario, el espectáculo resultaba bastante peligroso para ellos, porque estaban observando un temporal marino en la misma playa, al alcance del imprevisible mar. De hecho, había algunas olas puntuales, que, de vez en cuando, golpeaban la casa, mojando completamente a Pierre y a Antoine. Permanecer cerca del mar cuando está tan fuerte es un acto de riesgo que podría terminar en tragedia. Existen innumerables casos.

Con la llegada de la luz del día, Helena decidió volver hacia la playa para volver a la villa con Pierre y Antoine. Seguía habiendo nubes en el cielo, pero ya no estaban descargando su agua con furia, sino que realizaban su particular función de esconder a los seres vivos de la luz del sol. Al acercarse, Helena se fijó en que tanto Antoine como Pierre se habían quedado dormidos en las sillas de la terraza.

—¡Buenos días a todo el mundo! —dijo Helena, sorprendida de verlos a los dos tan temprano—. Esperaba que tú, Pierre, te hubieras vuelto a la cama a seguir durmiendo. A ti, Antoine, te esperaba durmiendo hasta tarde. ¿Qué ocurre?

—¡Buenos días! —dijo Antoine al despertarse—. Estábamos hablando de tu difícil adaptación al mundo moderno. Vamos a desayunar los tres y después te vamos a comenzar a contar la historia, pero de una forma reducida, claro.

—Después —dijo Pierre sonriendo—, te hablaremos del cruel mundo actual y de su imparable tecnología. Ha pasado mucho tiempo desde que pisaste la tierra a finales de la Edad Media.

Pierre ayudó a Helena a subirse a la silla, además de facilitarle una toalla. Él ya la había visto varias veces desnuda, por lo que no se sorprendía al verla en ese estado, ya que era cómo aparecía después de salir del agua. Lo cierto es que a ella tampoco le importaba y era algo que tenía que aprender: no mostrarse desnuda ante otras personas. Una vez colocada en la silla de ruedas, Helena pudo moverse y entró a la villa para vestirse. Por sí sola, de forma autónoma y gracias a todo lo que Antoine le había instalado, ella se pudo preparar un té para salir a la calle y continuar conversando con Antoine y Pierre.

—¿Quieres recibir toda la formación en medio de esta tempestad? —dijo Pierre, sorprendido de verla con una taza de té hecha por ella.

—Claro —dijo Helena sonriendo mientras tenía su taza en la mano, orgullosa de habérsela preparado ella sola.

Antoine entró al interior a buscar unos libros de historia general: Edad Contemporánea y Edad Moderna.

Mientras tanto, Pierre preparó café, para él y para Antoine. La compañía de una infusión caliente era algo trascendental para continuar con la conversación.

—Honestamente —dijo Antoine—, ¡no sé por dónde empezar!

—Vamos a empezar por la Edad Moderna —dijo Pierre señalando el libro.

—En primer lugar, tienes que tener en cuenta que no tiene nada que ver la Europa del siglo VI con el siglo XV —dijo Antoine mientras mostraba la introducción del libro a Helena—. En la Edad Media, Europa se encontraba ruralizada, violenta y fragmentada. En cambio, en el siglo XV, Europa ya había comenzado a expandirse por el resto del mundo.

»La Edad Moderna comienza con el viaje de Colón en 1492, lo que supone el final de la Edad Media que tú ya conoces. Posteriormente, la Edad Contemporánea comienza en 1789 con la Revolución Francesa.

Helena permanecía atenta a todas las cuidadosas explicaciones y comentarios de Antoine. Era cierto que a ella le fascinaba oír todas las historias, debido a que relataban todo lo que había sucedido en el mundo mientras que ella estuvo ausente.

Después de una versión reducida de la historia, comenzaron a contarle más situaciones acerca de la Revolución Industrial y su decisivo impacto en el resto del mundo. Seguidamente, y no menos importante, Antoine comenzó a hablar de sus temas favoritos: Renacimiento, Barroco e Ilustración.

Ese día, lo dedicaron íntegramente a darle formación a Helena, quien resultó tener una mente privilegiada para poder hacerse cargo de todo. Solo había un inconveniente: el tiempo de formación para explicar toda la historia se podía alargar de forma indefinida y Antoine no sabía dónde estaría el límite.

11

La reserva marina

El fin de semana transcurrió y ya había llegado el domingo. Eso significaba que Pierre tendría que irse, porque tenía que volver a trabajar el lunes a Martinica. Todo eso implicaba que Antoine se quedaría sin ayuda exterior, no habría nadie que le echara una mano, pero no solo para él, sino también para Helena. Antoine era consciente de eso, pero inicialmente no quiso contratar a alguien para que ayudase en casa; a pesar de que Helena se movía en una silla de ruedas y no sabía cocinar ni hacer otras tareas domésticas.

El triste momento de su marcha llegó. Pierre preparó su equipaje de mano y se dirigió hacia el salón, donde Antoine y Helena estaban tranquilamente hablando del mundo moderno. Era una excepción que él estuviera ahí, en esa isla, cuando su motivo más habitual era para tratar futuros proyectos sobre pecios. No quería marcharse y dejar a Antoine en aquella situación; pero tampoco tenía otra alternativa, por lo que se dirigió a ellos para hablar de la parte más triste de las amistades: la despedida.

—Ha sido un inmenso placer conocerte —dijo Pierre a Helena mientras la abrazaba de forma sincera.

—Lo mismo —dijo Helena—. ¿Seguro que no puedes quedarte más tiempo?

—Tengo que irme —dijo Pierre mientras abrazaba a Antoine.

—¡Adiós! —dijo Antoine mientras golpeaba con su mano en la espalda de Pierre.

—¡Adiós! —dijo Pierre mientras cogía su equipaje.

Por fin llegó el momento de estar solos. Antoine se apenaba por la marcha de su inseparable amigo; pero sabía perfectamente que algún día Pierre tendría que regresar a su rutina habitual: familia, trabajo y amigos en Martinica.

Cada persona vive su vida de una forma diferente, por lo que, en ocasiones, las amistades se pueden ver truncadas por la necesidad de vivir en localizaciones diferentes. Es algo relacionado con la adaptación del ser humano, ya que el medio que lo rodea determina, en ciertas ocasiones, con qué amistades se puede estar. A Pierre tampoco le gustaba la idea de dejar solo a Antoine en su estado, por lo que no dejaba de pensar en ello, sintiéndose culpable, de igual forma que cuando se abandona algo querido. No obstante, Pierre tenía la esperanza de que Helena haría algo especial para que los últimos días de Antoine en la tierra fueran lo mejores posibles.

—¿Te preparo un té? —dijo Antoine a Helena.

—¡Claro! Pero no lo dejes mucho tiempo, que luego se amarga.

Esta vez, Antoine se dio cuenta de que no había fotos suyas con Helena por la villa. Mientras calentaba el agua, tuvo tiempo para fijarse en las numerosas fotos que tenía en el comedor: de viajes, de fiestas y de cenas con otros viejos amigos de la isla. Recordó que tenía fotos en su teléfono, por lo que estaría bien hacérselas para que ella le recordase. Así lo pensó, y lo anotó en su teléfono.

Antoine se dio cuenta de que uno de los actos humanos más comunes suele ser recordar a alguien por una foto del pasado. De hecho, es lo que hacía con viejos amigos y, por supuesto, con su difunta mujer. Allí faltaban fotos de él con Helena, donde estuvieran juntos demostrando la alegría del momento. Así, ella le recordaría siempre cuando él ya no estuviera por allí.

El ruido de la cafetera italiana irrumpió en sus pensamientos. Apenas unos segundos después, también lo hizo la calentadora de agua general. Antoine preparó las infusiones y después se dirigió hacia la terraza para sentarse al lado de Helena. Parecía haber nubes y claros en el cielo, pero la información meteorológica apuntaba a que el sol tomaría el protagonismo de la tarde.

—No me queda mucho tiempo en la tierra —dijo Antoine mientras le daba una taza de té a Helena—. Si quieres irte, lo comprenderé. El mar está ahí.

—¡No voy a irme! —dijo Helena—. ¡Me quedaré aquí hasta las últimas consecuencias!

—¡Has cumplido tu parte de ayudarme a encontrar un tesoro! ¡No tienes ninguna deuda conmigo!

—Cómo mínimo, me quedaré aquí mientras tú estés. Por primera vez en toda mi vida, soy libre para permanecer en la tierra o en el mar. Nadie más en la historia de la humanidad me ha permitido hacer tal cosa.

Antoine recapacitó unos instantes. Fue a coger el teléfono, porque cambió de opinión y entonces decidió que iba a llamar a una agencia de asistentas sociales. No le quedaba más remedio que reclamar la ayuda de una tercera persona y gastar parte de su jubilación; pero había una llamada perdida. ¡En domingo!

—Alguien me ha llamado mientras estaba en la ducha —dijo Antoine mientras mostraba su teléfono.

—Yo no he oído ninguna llamada —dijo Helena, sorprendida.

Inmediatamente, el teléfono sonó nuevamente y Antoine se decidió a coger la llamada.

—¡Buenos días! —dijo Antoine.

—¡Buenos días! —dijo una operadora—. Le llamo de la asociación GRENAT. Como sabrá, somos los que gestionamos la reserva natural de San Bartolomé.

—¡Sí! —dijo Antoine—. Dígame, ¿qué puedo hacer por usted?

—Queremos hablar con su mujer, Helena Dupont —dijo la operadora—. Creemos que puede encajar muy bien en el puesto de responsable de áreas marinas protegidas.

—Pero ¿qué dice? —dijo Antoine, enaltecido—. ¿De qué conoce a mi mujer?

—No sabría explicarle —dijo la operadora—, pero ha venido el abuelo de Helena y nos ha entregado un currículum excepcional sobre ella. Solamente queremos verificar que se encuentra en la isla de San Bartolomé y que tiene disponibilidad para trabajar.

Antoine tapó su teléfono, pausando la llamada con la operadora, para hablar con Helena.

—¿Me puedes explicar esto? ¿Cómo puede ser posible que tu abuelo haya echado el currículum? ¡Me he vuelto loco de verdad! ¡Voy a llamar al psiquiátrico!

—¡No llames! Ha sido mi abuelo Zeus. Después te lo explico.

Antoine recuperó la llamada con la operadora mientras su cara mostraba un gesto de sorpresa.

—Le paso a Helena.

—¡Hola, Helena! —dijo la operadora.

—¡Hola! —dijo Helena.

—Somos conscientes de que usted tiene minusvalía y necesita moverse en una silla de ruedas, pero no es una limitación para trabajar como responsable de las áreas marinas protegidas. ¿Podría venir mañana a la oficina? Me gustaría evaluar su conocimiento marino, para ver si es tan excepcional como ha dicho su abuelo.

—¿Ya se ha acostado mi abuelo con alguna compañera suya? —dijo Helena.

—¡Sí! —dijo la operadora—. Pero eso no es motivo para ignorar su gran conocimiento de la fauna marina ni para infravalorar su capacidad.

Antoine no comprendía nada de lo que estaba sucediendo. Se echaba las manos a la cabeza y creía estar comenzado a tener alucinaciones. Helena no tuvo más opción que explicarle lo sucedido.

—Pierre rezó para que me quedara aquí, y Zeus lo escuchó.

—Es decir, que lo sucedido es obra divina. Lo de encontrarse a una sirena en tu barco sobrepasa el límite de la realidad y de la comprensión humana. La parte de incorporar al mercado laboral a un ser sobrenatural es algo inaudito e inverosímil.

—No le busques sentido humano. No lo tiene. Ahora explícame todo lo que sepas acerca de esa reserva natural.

Antoine recuperó el aliento y le contó que se trataba de una reserva natural que cubría cinco sectores: Gros Islet y Pain de Sucre fuera del puerto de Gustavia, las aguas que rodean los islotes Fourchue, Frégate, isla Toc Vers y parte de la bahía Colombier.

Para ayudar a comprender mejor la localización de las zonas protegidas, Antoine entró a su biblioteca personal y encontró un viejo libro en el que se hablaba sobre las diferentes áreas. Le tomó y se sentó al lado de Helena para mostrarle los detallados mapas locales y varias fotos de algunas islas. Le explicó que esa reserva protege los arrecifes de coral, las hierbas y las especies marinas que estén en peligro de extinción, como las tortugas marinas. Hay dos zonas diferenciadas: amarillas y rojas. En las zonas amarillas se permiten actividades no extractivas, como el esnórquel y la navegación. En cambio, en las zonas rojas se restringen la mayoría de las actividades, incluso el buceo, de esta forma puede proteger la vida marina. Además, el anclaje está terminantemente prohibido; hay boyas de amarre en algunas bahías protegidas. El entorno natural marino ha sido degradado desde hace años y la gran cantidad de turistas aumenta el riesgo de problemas medioambientales. La contaminación marina afecta a los mamíferos marinos y a los peces. Esta degradación ambiental se atribuye a los típicos patrones de desarrollo económico.

Antoine subió al piso de arriba para entrar en la antigua habitación de su mujer, donde buscó ropa que le valiera a Helena; pero poco encontró que le valiera a ella. Ambos eran conscientes de que al día siguiente Antoine tendría que ir a comprar más ropa por la tarde. Después de todo, parecía como si ella pudiera adaptarse y trabajar entre los humanos terrestres.

Al día siguiente, el día comenzó a las siete de la mañana. Antoine se preocupó de despertar a Helena y de prepararle un desayuno en condiciones.

Afortunadamente, todavía le quedaban algunas algas que le gustaban a ella. A medida que transcurrían los días, ella iba aprendiendo progresivamente a usar los diferentes electrodomésticos; excepto la televisión, que a veces no conseguía manejar bien.

A las ocho de la mañana, un coche pasó a buscar a Helena. Se trataba de un vehículo que estaba preparado para varias personas minusválidas. En el interior había una chica, la cual se bajó para tocar el timbre de la villa.

—¡Buenos días!

—¡Buenos días! —dijo Antoine—. ¿Es usted Sophie?

—¡Sí! He venido a recoger a la señora Dupont.

—¡Buenos días! Estoy lista.

Sophie llevó a Helena a una oficina preciosa, localizada en un pequeño acantilado con vistas al mar. Allí, todo estaba preparado para que pudiera moverse con libertad. La entrevista fue pan comido para ella, porque todas las preguntas que tenía que responder trataban sobre cuestiones prácticas de fauna marina. Por supuesto, Helena no se preocupó ni lo más mínimo porque sabía que, en el fondo, todo había sido amañado por su abuelo.

—El puesto es suyo —dijo la señora Fain—. Será nuestra jefa de vigilancia de nuestra reserva natural marina. Si alguien infringe nuestras normas, usted dará el aviso a las autoridades.

—Yo soy una vigilante del mar —dijo Helena convencida.

—Ha sido un milagro del cielo haberla podido contratar —dijo la señora Fain.

—¡Sí! —dijo Helena riéndose—. Como si un dios hubiera realizado un acto divino para que yo viniera aquí.

—Su abuelo está por la isla —dijo la señora Fain—.

Por lo visto, es muy atractivo y hay algunas chicas que quieren conocerle. ¿No tendrá su número de teléfono por casualidad?

—¡No! —dijo Helena—. Lo siento.

—Mañana podrá comenzar a trabajar —dijo la señora Fain—. Le pasará a buscar su nueva ayudante, Sophie. Si no, irá Eugène.

La vida de Helena había cambiado por completo. Se había vuelto completamente diferente para ella, ya que había pasado de permanecer únicamente en el mar a poder decidir si estar en la tierra o en el mar.

Helena se acercó a las pantallas de vigilancia que tenían en la oficina, a las pantallas de las diferentes computadoras y a otros equipos que estaban monitorizando la fauna marina de varios lugares desde allí. La tecnología había avanzado, pero estas personas pertenecían al club del bien.

Ella se sentía feliz de admirar cómo toda esta gente adoraba la naturaleza marina, exactamente igual que ella.

—¡Hola! —dijo una chica que trabajaba allí—. Mi nombre es Léa, soy administrativa. Solo quería decirle que su chófer está esperándola.

—¡Hola! —dijo Helena—. ¿Cómo se llama él?

—Eugène —dijo Léa—. Es nuestro encargado de toda la logística y del transporte en la isla.

—Me voy entonces —dijo Helena—. ¡Hasta mañana!

Fuera, había un Range Rover Vogue azul oscuro esperando. Helena se asomó, pero no veía a nadie que estuviera esperándola. Del coche se bajó un señor de unos cincuenta años, con algo de sobrepeso y barba de dos días.

—¡Buenos días! ¿Es usted la señora Dupont?

—¡Buenos días! Así es.

—Ahora mismo voy a acercarla a su casa —dijo Eugène mientras empujaba la silla de ruedas.

Su vehículo estaba acondicionado para transportar a personas en silla de ruedas, pero Helena prefería sentarse en el asiento como cualquier persona. Atrás, en el maletero, había un sistema preparado para colocar varias sillas de ruedas. El aspecto del interior mostraba un gran deterioro, porque el vehículo ya tenía sus años; no se podía luchar contra el desgaste del tiempo.

—No comprendo cómo es posible que usted sea una gran nadadora, cuando en realidad no puede caminar. ¡No lo comprendo! Me ha dicho Léa, si no he entendido mal, que usted es, de hecho, una gran buceadora. Yo, honestamente, la miro y la veo en una silla de ruedas, con dificultad para moverse y sin la posibilidad de caminar correctamente como las demás personas. No me la imagino nadando, y mucho menos buceando.

—No puedo caminar por mis huesos, porque son como huesos de pez; pero no me impiden nadar, porque en el agua no tengo que apoyar todo mi peso.

—Así que usted es un pez —dijo Eugène, riéndose mientras ajustaba el volumen de la radio del vehículo—. Cómo una especie de sirena.

—¿Usted cree en las sirenas?

—¡No! ¡Claro que no! ¿Por quién me toma? Eso son leyendas de los marineros, que confunden a los manatís con los cuerpos de sirenas, y las voces de las ballenas jorobadas con los cantos hipnóticos de las sirenas.

Helena sonrió al oír mezclar las teorías de unos y otros sobre las sirenas. Antaño ya había oído numerosas historias al respecto, pero generalmente se las describía como seres crueles y peligrosos.

Después de haber estado dudando acerca de permanecer en tierra, Helena había encontrado una justificación para quedarse un tiempo más con Antoine, sin estar siendo una carga durante todo el día. Además, ella estaba motivada porque quería volver al mar y vigilar que toda aquella costa estuviera correctamente, ya que era la nueva tarea que le habían encomendado. Lo que no tenía tan claro era cómo ir a bucear sin el traje de buceo y que no se dieran cuenta. Eso era un problema del futuro.

Al llegar a la villa de Antoine, en la ensenada Anse des Cayes, Helena se dio cuenta de que había unos chicos que estaban colocando un cartel que decía: «*Villa Sirène*». Eugène se rio acaloradamente al verlo.

—¡Esa es tu villa! —dijo Eugène mientras sonreía profundamente—. La villa de la sirena.

—Lo ha debido de ordenar mi marido, Antoine. Está enfermo del corazón y le han ordenado reposo.

—Ahora entramos a hablar con él —dijo Eugène mientras aparcaba su vehículo—. A ver que necesitáis.

Sentado en su asiento adaptado, Antoine se encontraba tranquilo, con su vista fijada en el mar y sus interminables olas. Sus pensamientos permanecían ocupados en el pasado, recordando viejos momentos de viaje: unos buenos y otros no tanto. Se alegró al ver acercarse a Helena con Eugène, que ya le conocía a él desde hacía años.

—¡Mi viejo amigo Eugène! —dijo Antoine con una gran alegría mientras abrazaba a Eugène—. ¡Cuánto tiempo!

—¿Cómo estás? —dijo Eugène.

—¡Un poco pachucho! Pero bien, dentro de lo que cabe. ¿A qué te dedicas ahora?

—Trabajo en logística y transporte para varias empresas de la isla —dijo Eugène mientras le enseñaba su nueva tarjeta de presentación—. ¿Necesitas que os traiga algo? ¿Que os lleve a algún lugar?

—Esta tarde necesitamos ir a comprar ropa para Helena. Además, tenemos que abastecernos, que he estado viajando durante un largo tiempo y no tenemos nada en la casa.

—A las tres de la tarde me pasaré a buscaros. ¡Hasta luego!

—¡Gracias por todo! —dijo Helena con gran felicidad—. ¡Nos vemos luego!

Antoine se quedó mirando fijamente a Helena. Se alegraba de verla con algo de felicidad, ya que le habían dado una oportunidad de ser útil y de quedarse con él. De alguna forma, le habían dado una buena razón a Helena para quedarse más tiempo con él. Y eso le daba alegría por dentro, porque significaba que ella se quedaría un tiempo más y que dejaría de pensar en volverse al mar, al menos por un tiempo.

—¿Qué te parece tu nuevo trabajo?

—Bien. Solamente tengo que vigilar desde la oficina y, en ocasiones, bucear para revisar los fondos marinos y los hábitats que hay alrededor de todas estas zonas.

—Me alegro mucho de que te quedes conmigo. Por supuesto, me alegro también de que haya una vigilante para los pescadores furtivos, que son sanguijuelas que no dudan en arrasar con toda la fauna marina por un puñado de dólares.

—¡Ahora yo estoy aquí! ¡Y no estoy sola en el mar!

La curiosidad de Antoine por la entrevista de Helena le llevó a cuestionarse si todo había sido un juego de Zeus, en el que habría colocado a Helena casualmente en su camino. Se sentía como un peón en un tablero de ajedrez, como un soldado raso perteneciente a un batallón o como una muñeca para una niña pequeña. En cualquier caso, se sentía feliz de estar con ella durante sus últimos días.

12

Goldie

Todo parecía indicar que la mañana transcurriría de igual manera que los días anteriores: tranquilidad, privacidad y un ruido de fondo causado por los golpes de las hermosas olas contra las rocas; pero el timbre irrumpió la monotonía a la que se habían malacostumbrado.

Antoine se dirigió hacia la entrada, donde le estaban esperando unos chicos que venían a hacer reformas en la casa. Todo lo tenía previamente pagado por su venta de las monedas de plata.

—¡Buenos días! —dijo uno de los chicos mientras saludaba con la mano.

—¡Buenos días! —dijo Antoine mientras les abría la puerta.

—Yo me llamo Michel. Ellos son Jerry y Thierry.

—¡Pasad! Os voy a presentar a la señora Dupont.

—¡Buenos días! —dijo Helena.

—¡Acompañadme! —dijo Antoine mientras apartaba algún mueble que iba a tirar—. Os voy a indicar dónde va cada cosa y cómo hay que hacerlo.

En cuanto pasó un rato y los chicos se pusieron a trabajar, Helena se dio cuenta de que las obras, esas que Antoine estaba haciendo a la villa, eran exclusivamente para facilitarle a ella su movimiento a través de los pasillos, el acceso a las zonas altas de los armarios y un sistema motorizado para subir y bajar las escaleras.

La idea estaba más que clara: Antoine estaba adaptando la casa para ella. Y estaba dedicando mucho esfuerzo en ello.

—Cuando yo no esté aquí —dijo Antoine mientras sostenía una taza de café—, esta será tu casa. Ahí tienes el mar, a escasos metros, por lo que puedes ir y venir cuando quieras. ¡Eres libre!

—Sé que no es asunto mío —dijo Helena—, pero deberías dejárselo a tus hijos. ¿Acaso no tienes descendientes?

Eso resultó una pregunta incómoda. Antoine reflexionó, pero no contestó inmediatamente a la cuestión que le había hecho Helena. El motivo se debía a que había algo en su mente que le impedía seguir la conversación. Que se supiera, él no tenía hijos biológicos; aunque era cierto que había viajado por todo el mundo y eso siempre suponía la posibilidad de que hubiera alguien que si lo fuera; aunque él no lo supiera. De hecho, en ese preciso momento, se le vinieron a la cabeza varias de las numerosas mujeres con las que había estado durante su vida, con las cuales le hubiera gustado tener descendencia.

—Mi mujer, Clarissa Marie, tenía una hija —dijo Antoine mientras mostraba la foto de un bebé que tenía en su cartera—, que se llamaba Charlotte. No es mía, sino que es fruto de una relación que ella tuvo con su anterior pareja. La última vez que supe de ella, vivía en Canadá. No sé nada más.

—Como decís vosotros, legalmente es tu hija.

—Han pasado muchos años. Yo no he querido saber nada de ella, ni ella tampoco ha querido saber nada de mí. Lo mejor será que la naturaleza siga su curso.

—Si tú no estás —dijo Helena con rostro de tristeza—, no tiene sentido que yo me quede aquí. No sobreviviría a este mundo cruel. Sé perfectamente que no sería capaz de adaptarme. Sabes bien que no pertenezco al mundo de los hombres.

—Hoy en día, la tecnología ha avanzado mucho. Es bastante más fácil adaptarse que hace mil años. ¡No es lo mismo!

Un fuerte ruido sonó en el interior de la villa. Se había caído un soporte para fijar el asiento que servía para subir y bajar las escaleras de forma motorizada. Antoine y Helena entraron para averiguar el motivo de tal estruendo.

—¡No podemos colocar este tipo de silla elevadora! —dijo Thierry—. Es demasiado pesada para toda la base de madera que hay colocada.

—¿Para qué peso la habéis traído? —dijo Antoine con gesto de sorpresa.

—Es estándar para cien kilos —dijo Michel—, para evitar problemas con las garantías. Hay otro para niños pequeños, pero es de máximo cincuenta kilos.

—Helena no llega a pesar cincuenta kilos, ni los va a llegar a pesar jamás.

—Pero no para usted.

—Yo no soy el que lo voy a utilizar. Lo va a hacer ella.

—Aun así, ella está sentada, pero creo que medirá alrededor de uno con setenta y cinco o uno con ochenta. Imagino que sobrepasa los cincuenta kilos.

Antoine la cogió en brazos y se la dejó a Michel, como cuando se entrega a un bebé para comprobar sus rasgos faciales.

—¡Es imposible! —dijo Michel asombrado—. ¿Le ocurre algo en los huesos?

—Así es —dijo Helena—. Por eso peso tan poco.

Los chicos terminaron los trabajos y quedaron en volver otro día con la nueva elevadora para pesos de niños, que en este caso sería para Helena.

Durante la comida, Antoine no dijo nada. Se mantuvo callado todo el tiempo, sin decir una sola palabra. Helena pudo notar su estado emocional, además de sus arritmias cardíacas; se daba cuenta de que él no estaba tranquilo. De alguna forma, ella podía percibir que él estaba intentando facilitar su integración en la nueva realidad lo más rápido posible, motivo por el cual Antoine se agobiaba al no conseguirlo de forma inmediata. No quería irse al cielo sin haber terminado de hacer todas las modificaciones en su villa.

Después de comer, apareció Eugène. Recogió a Antoine y a Helena con el plan de dirigirse a los centros comerciales para realizar todas las compras necesarias. Todo aquello resultaba novedoso para ella, ya que la forma de vestir de las personas había evolucionado. No solo eso, sino que también lo había hecho su lenguaje, sus expresiones e incluso su forma de moverse. La tecnología había avanzado, aunque no siempre para bien. Ella, de alguna forma, pertenecía al pasado. La forma de pagar con tarjeta, en lugar de usar monedas, y otras cosas que conoció en su tiempo, ya quedaron obsoletas.

—Ahí vamos a entrar para que compres toda la ropa que necesites —dijo Antoine, señalando al local—. Es donde la compraba mi mujer.

—Recuerdo una vez que estuve con vosotros en la que terminasteis discutiendo por un sombrero —dijo Eugène, sonriendo.

—El dichoso sombrero costó un pastón y era feísimo —dijo Antoine, sonriendo—. Le dije a Clarissa Marie que lo devolviera, pero no quiso hacerlo. Ella decía que era la moda que se llevaba en Italia en aquella época.

—Lo recuerdo —dijo Eugène, riéndose—, junto con aquella moda de las gafas de lentes enormes.

Entraron en el centro comercial, que era un lugar inmenso para los ojos de Helena. El hecho de moverse entre tanta ropa colocada de una determinada forma, cambiaba por completo el concepto que tenía del pasado de lo que era un mercado. Los ininterrumpidos sonidos del local y de los teléfonos móviles le molestaban bastante, incluyendo la música que se oía de fondo.

Entre tienda y tienda, ella se fijó en que había por allí un hombre ciego, al que acompañaba un perro ayudante.

—Ese animal resulta bastante inteligente —dijo Helena mientras se fijaba en cómo ayudaba a su dueño.

—Uno así necesitas tú —dijo Eugène mientras miraba a Antoine.

—Después de comprar, vamos a ir al centro de adopción de perros —dijo Antoine—. Puede que haya algún perro ayudante para ella.

—Yo no sé absolutamente nada de perros —dijo Helena mientras se fijaba en otros perros de la calle—. De hecho, me dan miedo cuando ladran y enseñan los dientes.

Ellos se rieron, porque sabían que la mayoría de la gente no sabe nada de perros. Solamente se aprende de ellos cuando se tiene alguno, porque no tiene el mismo comportamiento que otro tipo de animales, como por ejemplo, un gato o un loro.

Después de realizar las compras, se dirigieron hacia el antiguo bar de Thomas, que era un viejo amigo de Antoine. Si había algún lugar escondido donde hubiera perros disponibles, él lo sabría. En su local abundaban las historias y los chismes, ya que no era un lugar exclusivo para hombres, sino que disponía de un lugar apartado para que pudieran estar las mujeres tranquilas hablando entre sí mientras tomaban alguna infusión. Si alguien buscaba algo, lo más ridículo e insignificante, estaba claro que la información más precisa se encontraría en el bar de Thomas.

—¡Buenos días! —dijo Antoine, feliz de entrar al local de su viejo amigo Thomas.

—¡Buenos días! —dijo Thomas mientras se dirigía para abrazarle—. ¿Qué quieres? ¿Qué te trae por estos lares?

—Estamos buscando un centro de adopción de perros —dijo Antoine, señalando a su mujer—, pero no encontramos nada por la isla ni por los alrededores.

—No hay ninguno. Sin embargo, sé que hay una señora inglesa, Lucy, que se tiene que ir de viaje y no puede llevarse a su perro Goldie. Según los rumores, realmente, tampoco quiere al perro.

—¿Qué tipo de perro es? —dijo Eugène.

—Es un Golden Retriever, pero no ha sido entrenado para ser ayudante, así que no le está siendo fácil su venta. La señora Lucy se encuentra en esta dirección, en Pointe Milou.

Al no tener nada que perder, se dirigieron hacia la dirección que les había facilitado Thomas. Allí, se dieron cuenta de que todas las casas poseían los mismos atributos: su zona de árboles tropicales, su piscina y su espacio particular para sentarse en la calle a pasar el día. Todo permanecía tranquilo, con muy poco tráfico y un único sonido permanente: el mar rompiendo en las rocas.

La casa de la señora Lucy estaba en venta. De hecho, ya había un cartel colocado en la entrada que lo indicaba. La mudanza ya estaba en marcha, por lo que había una pequeña furgoneta en la que estaban guardando todos los muebles importantes. Ella ya no se encontraba en la casa, por lo que Antoine preguntó a los muchachos de la mudanza.

—¡Buenos días! —dijo Antoine—. ¿Dónde está la señora Lucy?

—¡Buenos días! —dijo uno de los chicos—. Está en Santa Lucía.

—Nos gustaría ver al perro —dijo Eugène—. ¿Dónde está?

—Está atado ahí detrás —dijo otro de los chicos—. Es una pena, no lo quiere ningún vecino porque ladra por las noches.

—La señora nos dio permiso para que se lo llevara cualquiera que viniera por aquí —dijo otro chico—. Cójanlo y llévenselo, sino se quedará ahí solo y morirá llorando.

Helena, a pesar de su miedo a los perros, se aventuró sola a acercarse a la zona trasera de la casa, donde encontró al perro atado, el cual mostraba un aspecto completamente deprimido. En cuanto el perro vio a Helena, levantó la cabeza y se animó.

—¡Ven aquí para que te suelte! —dijo Helena mientras se acercaba al perro.

El perro se aproximó, sin conocerla de absolutamente nada, saltando encima de ella con un rostro de felicidad. Ella soltó su cadena del collar, y comenzó a acariciarlo; a pesar de no haber tenido un perro en su vida. Realmente, le estaba tratando de igual manera que había tratado a otros animales marinos.

—Es un perro de agua —dijo Eugène al ver la escena—. Es muy conocido por ser amable, amigable y confiado. En muchas ocasiones suele ser utilizado también como perro de ayuda.

Eugène y Antoine comenzaron a hablar al perro, pero Goldie permanecía junto a Helena y no respondía a nadie más. Pronto se dieron cuenta de que el animal ya no quería permanecer más ahí y que ya tenía nueva dueña, además, bastante mejor que la anterior.

Antoine les empezó a hablar sobre la historia de los perros de agua, debido a que se refiere a un tipo de perro antiguo que usaban los marineros de antaño para recuperar objetos caídos al mar y para pasar mensajes entre los barcos. En la antigua Roma, los denominaban «perros leones» por su distintivo pelaje.

—¡Chicos! —dijo Helena a los muchachos de la mudanza—. ¿Le podéis decir a la señora que nos llevamos al perro?

—¡Claro! —dijo uno de los chicos—. Se llama Goldie. Ahí tenéis un par de sacos de su pienso y algunas correas.

Todos se subieron al vehículo y fueron hasta el veterinario para que le revisaran las vacunas pendientes y le pusieran las que le faltaran. Resulta que Goldie estaba registrado, pero no tenía chip de seguimiento, así que se lo pusieron en el momento.

—Ahora te toca a ti —dijo el veterinario a Helena mientras le entregaba la cartilla de vacunas—. Tienes que alimentarlo, cuidarlo y entrenarlo.

—Hecho —dijo Helena—. Aunque tendré que preguntarle cuando no sepa qué hacer.

—¡Por supuesto! ¡Para eso estoy aquí!

Por algún motivo, Goldie se encariñó con Helena. Entendió que su tarea sería estar con ella para ayudarla y para protegerla. No era necesario usar correa ni collar, así que Helena se lo quitó para subirse al coche.

Volvieron a la villa de la sirena, donde colocaron unos cojines para crear la nueva cama de Goldie, quien se dio cuenta de que eso era para él. Una vez acomodado el perro, se dirigieron a la playa, desde donde Antoine quería demostrarle algo a Helena.

—Ahora entenderás la naturaleza de este tipo de perros —dijo Antoine—. Tú te vas a quedar aquí en la terraza con Goldie, mientras que yo me voy a meterme al agua y voy a simular que me estoy ahogando.

—Él está aquí para ayudarme —dijo Helena—, por lo que no creo que se mueva de mi lado.

Así lo hizo. Antoine se metió en el agua, caminando tranquilamente. Mientras tanto, el perro permanecía tranquilo al lado de Helena. Estaba todo preparado para comenzar el espectáculo, por lo que Antoine fingió caerse en el agua y Goldie empezó a ladrar efusivamente.

—¿Qué te pasa Goldie? —dijo Helena.

Raudo, Goldie se dirigió a gran velocidad hacia Antoine, pasando incluso por debajo del rompiente de las olas, sin ningún tipo de miedo al mar. Se acercó a Antoine y comenzó a agarrarle con su boca para sacarle del agua, hasta que finalmente Antoine se hizo el despierto y salió con el perro hasta la orilla.

Helena se sorprendió con el comportamiento del perro, que se comportó como un auténtico salvador ante la llamada de auxilio del ser humano. Además, le resultó divertido ver cómo nadaba el animal en el agua, ya que, para ella, resultaba como si el perro nadase con dificultad. Cuando volvió a tierra, ella le acarició y le felicitó por ello.

—Tenemos que ponerle un bañador cuando esté cerca del mar —dijo Antoine—. Además, deberíamos enseñarle a llevar un aro salvavidas cada vez que se lance al agua, podría salvar más de una vida.

13

El héroe

Sin duda, la idea de Antoine era buena. Un perro de aguas podría servir para ayudar a personas en problemas en una playa como en la que estaba situada la villa. Además, paseando por la isla, el perro podría servir como vigilante de la playa. Por ello, Eugène fue a buscar un aro salvavidas al puerto y lo trajo para colgarlo en una zona visible que se encontraba cerca de la villa. A Goldie le adaptaron un traje flotador como el que se suelen habilitar a estos perros de agua, como por ejemplo, el Terranova o el Poodle, cuando van a servir como socorristas. Normalmente, se colocan este tipo de flotador cuando van a ser perros de rescate acuático, si no, no es necesario.

Las palabras y las intenciones estaban bien definidas. El problema era entrenar al perro, el cual ya tenía sus años y no era ningún cachorro, que es la edad en la que mejor pueden aprender. Todos sabían que Goldie tenía su instinto salvador, pero habría que enseñarle a coger el aro salvavidas y a que se tirase con él al agua. Eso no venía en su ADN y no se aprendía de forma natural, sino que tenía que ser enseñado por un tercero.

En esta ocasión, era Eugène el que se metía en el agua, para evitar que Antoine anduviera solo por el mar. Se hacía el hombre ahogado, e inmediatamente Goldie se lanzaba al agua para salvarle; pero sin coger el aro. Lo intentaron varias veces, mientras le daban a morder el aro justo antes de entrar al agua; pero no daban con la forma correcta de decirle al perro que usara el aro para tirarse al mar con él.

Pronto, Helena se dio cuenta de que, si un humano le ofrecía el aro a Goldie, entonces el perro comprendía que tenía que llevarlo en su incursión marina. Pero si previamente no se lo ponían en la boca, el perro no lo cogía antes de tirarse al agua. Dedicaron la tarde entera a realizar numerosos intentos, pero sin ningún éxito, motivo por el cual se dieron por vencidos.

—Está claro que el perro puede coger fácilmente el aro salvavidas—dijo Antoine.

—No hay forma de que lo relacione con la supervivencia del humano —dijo Eugène—. Tenemos que acostumbrarle a que se meta al agua con él.

—Entonces no va a ser tarea de un solo día —dijo Antoine—. Ocurre igual que con el perro de Pávlov, que hay que darle un condicionamiento clásico de aprendizaje, una recompensa.

—Con un refuerzo de comida valdría —dijo Helena—, o incluso con caricias. ¡Vamos a probar!

Curiosamente, pasaron dos niños de ocho años, los cuales solían nadar habitualmente por la playa. Antoine los conocía, ya que venían durante los fines de semana con sus padres, que residían en la isla de Antigua.

—¿Os gustaría jugar a algo? —dijo Helena.

—¡No! —dijo Florián—. Ahora mismo vamos a ir a nadar un poco.

—Me refiero a jugar en el agua —dijo Helena—. Vamos a tirar este aro salvavidas al agua, aquí en la orilla. Queremos que Goldie tire de él para salvar a alguno de vosotros.

Los niños aceptaron encantados y Goldie más aún.

Florián y Julián se dirigieron hacia el agua. Comenzaron a nadar como si nada fuera a suceder, pero, de repente, Julián se hizo el ahogado. Al no oír ningún ruido, el perro, sorprendentemente, no hizo nada. Así que el niño sacó la cabeza del agua, dándose cuenta de que la situación no era como se esperaba.

—Creo que el perro solo se lanza al agua si oye o ve gestos del humano —dijo Florián. Creo que sé cómo debemos entrenarle.

Los niños cogieron el aro, diciéndole al perro que les siguiera. De esta forma, conseguían que el perro siempre se metiera detrás de ellos, siguiendo al aro. Por último, lanzaban el aro, como quien lanza un palo o una pelota para que vaya a buscarlo. Repitieron varias veces la jugada, hasta que llegó un momento en el que dejaron el aro en su soporte.

—Ahora vamos a entrar en el agua —dijo Julián—, diciéndole a Goldie que coja el aro para jugar.

—¡Coge el aro! —dijo Florián—. ¡Vamos a jugar! Así fue como Goldie cogió el aro y se lanzó al agua, pensando en jugar, claro. Por ello, la primera parte había funcionado. Ya solamente quedaba pendiente de probar si lo usaría también para rescatar.

—¡Podéis iros a bañaros con tranquilidad! —dijo Antoine—. Mañana seguiremos haciendo lo mismo.

Los niños estuvieron un buen rato en el agua y después se volvieron hacia su villa. El perro se metía constantemente en el agua a jugar, independientemente de los chicos, ya que era otro niño más y ya no les dejaba estar solos en el agua, sino que se lanzaba a jugar con ellos. La escena fue bastante recreativa, tanto para Eugène como para Helena. En cambio, Antoine quería bañarse y nadar por allí, algo que el médico no le había recomendado.

Podía bañarse tranquilo, pero lo que no debía hacer era comenzar a nadar como cuando era joven.

—Voy a aprovechar para bañarme —dijo Antoine.

—Puedes bañarte —dijo Eugène—, pero no te pongas a nadar como cuando tenías veinte años.

Antoine se quitó la camisa y se volvió a meter al agua. Primero comenzó a caminar por la orilla. Se le mojaron los pies. Poco a poco, fue entrando hasta que el agua le cubría la cintura. Era una sensación de felicidad el hecho de poder bañarse, disfrutando del suave aleteo del mar. Por fin, Helena pudo percibir la felicidad en Antoine, algo que no había visto recientemente.

Al ver que se sentía bien, comenzó a nadar a braza, aunque eso sí, muy despacio. Eugène no veía con buenos ojos que Antoine intentara nadar, porque era cierto que él había sido un gran nadador y su propia naturaleza le inducía a querer volver a nadar como entonces. Eso es algo innato en el ser humano, porque pertenece a la memoria y los músculos quieren replicar lo que tienen aprendido.

—¡Prefiero no ver esto! —dijo Eugène—. Voy a prepararme un café.

—Yo tengo que ir al servicio —dijo Helena—. Enseguida volveré.

—En diez minutos le saco por la fuerza —dijo Eugène mientras se dirigía al interior de la casa.

—Me parece justo —dijo Helena convencida.

Justo en el momento en el que los dos observadores desaparecieron, Antoine aprovechó para ponerse a nadar a gran velocidad, algo que le causó un desmayo en apenas un minuto, quedando desfallecido en el agua. Sin nadie más vigilando, Goldie comenzó a ladrar, lo que causó que Eugène y Helena salieran hacia la terraza. Cuando llegaron, vieron que Goldie había cogido el aro salvavidas y se estaba dirigiendo hacia Antoine.

—Algo le ha pasado a Antoine —dijo Eugène—. No se mueve bien.

—Mira cómo Goldie se ha lanzado con el aro salvavidas a por él —dijo Helena—. ¡Lo ha hecho!

—Parece que Antoine se está recuperando —dijo Eugène—. A ver cómo lo saca Goldie.

Afortunadamente, Antoine volvió en sí y se agarró al aro, acariciando al perro, el héroe de la playa. Después, el perro comenzó a tirar del aro de forma continuada, peleando incluso con algunas olas y las pequeñas corrientes derivadas de estas. Antoine fingió no estar en buen estado para que el perro siguiera tirando, a ver cómo se comportaba. Para calmar a Eugène y a Helena, hizo un gesto con su mano, de forma que entendieran que no era necesario que se tiraran al agua a por él.

Por increíble que parezca, Goldie llegó a recorrer unos veinte metros mientras tiraba de Antoine, hasta llegar a la orilla. A pesar de la dificultad de las olas, las corrientes, la espuma y el peso de Antoine, Goldie no se daba por vencido y agarraba la cuerda que envolvía al aro salvavidas, mientras Antoine se apoyaba en él, sonriendo mientras comprobaba el esfuerzo del perro.

—¡Me dio un desmayo! —dijo Antoine—. Debió de ser la tensión.

—Menos mal que había un vigilante en la playa —dijo Eugène mientras ayudaba a levantarse a Antoine—. Nuestro héroe, ¡Goldie!

En cuanto Antoine se acomodó, Eugène le echó una buena bronca por lo sucedido. Helena estaba todavía atormentada por haber visto tal cosa, ya que se podía haber ahogado en el agua en cuestión de minutos. A Antoine le molestaba que le llamaran la atención por ello, pero Helena estaba de acuerdo en que eso no debía de volver a suceder.

—¡No deberías meterte solo en el agua! —dijo Helena casi llorando.

—Puedes bañarte, pasear y relajarte —dijo Eugène—. No deberías nadar en absoluto, ya que no sabemos cómo va a reaccionar tu cuerpo.

Goldie se acercó a Antoine y comenzó a lamerle la cara, mientras Antoine sonreía de felicidad al conocer a su salvador, su vigilante de la playa, su héroe. Helena, por su parte, se acercó y empezó a notar que su corazón estaba débil, pero no estaba tan mal como cuando tuvo arritmias en otros momentos.

—¿No quieres ir a que te vea un médico? —dijo Helena.

—No hace falta. Estoy bien.

14

El *tour* de la reserva

Con buen criterio, Antoine era conocedor de que Helena no se acordaría de ajustar el despertador, por lo que se lo ajustó él durante la noche. Lo puso un poco antes para despertarse previamente. Realmente, él tampoco le había explicado a ella cómo hacerlo ni con el reloj despertador ni con el teléfono móvil que le había dejado. Por supuesto, lo aprovechó para despertarla y dale una sorpresa matutina.

A las seis y cuarenta y cinco de la mañana comenzó el día. El despertador sonó y Antoine se despertó, aunque es cierto que ya llevaba un rato dando vueltas en la cama, ya que no le acaba de gustar que Helena comenzase a trabajar en lugar de quedarse en casa con él. Bajó a la cocina para preparar un té y para preparar algunas algas: gracilaria, ulva y sargazos. En cuanto sonó el ruido de una taza en la cocina, Goldie irrumpió corriendo hacia Antoine.

—¡Buenos días, Goldie! —dijo Antoine mientas acariciaba al perro.

Le puso agua a Goldie, el cual tenía algo de sed. En cuanto terminó de prepararlo todo, se dirigió arriba con el desayuno preparado en una bandeja. Pero no fue solo, sino que llevó a Goldie como compañero para llevar a cabo la sorpresa.

Mientras tanto, Helena descansaba tranquilamente en su habitación, con un ronquido peculiar, ya que su respiración no resultaba exactamente igual que la de un humano normal. Con el gesto de silencio, Antoine y Goldie se dirigieron al interior.

—¡Despiértala! —dijo Antoine a Goldie en voz baja.

Sorprendentemente, Goldie se subió encima de la cama y empezó a lamer la cara de Helena. Al ver que no reaccionaba, comenzó a la ladrar y darla con la patita, hasta que ella despertó y comenzó a sonreír.

—¿Qué ocurre, Goldie? —dijo ella mientras estiraba sus brazos al despertarse.

—Aquí tienes tu desayuno —dijo Antoine mientras apoyaba su bandeja encima de la cama.

—¡Qué buena pinta tiene eso! —dijo Helena mientras se colocaba en la cama.

—Mañana tendrás que aprender a ajustar el despertador.

—Desayunaré algo y me asearé. A las ocho vendrá Sophie a buscarme.

—No tienes que ir a trabajar si no quieres.

—Yo quiero proteger a la fauna marina. Es mi cometido, ¿recuerdas?

—Lo sé.

Después de varios días, Helena se dio cuenta de que ya podía agarrarse mejor a las barras, e incluso caminar un poquito. Había mejorado, pero seguía sintiendo la debilidad en sus huesos, por lo que no se arriesgaba a hacerse daño y caerse. Antoine le había preparado villa de la Sirena para que se pudiera desplazar por ella y acceder a cualquier rincón al que él tuviera acceso. Por otro lado, Goldie era muy inteligente y comenzó a comprender muchas de las cosas que le decían, tanto de Helena como de Antoine. De alguna forma, todo se había vuelto más fácil y asequible, por lo que ella se sentía más arropada y tenía una vida más cómoda.

—¡Sophie está ya abajo esperándote! —le gritó Antoine mientras tomaba su café.

—¡Ahora mismo bajo!

El vehículo esperaba al equipo de vigilancia: Goldie y Helena. En esta ocasión era Sophie quien había venido a buscarlos. Traía otro vehículo diferente al de Eugène, pero estaba preparado para llevar a Helena, su silla de ruedas e incluso disponía de una cama para Goldie que tenía una reja de protección.

—¡Buenos días! —dijo Sophie.

—¡Buenos días! ¿Dónde se encuentra Eugène?

—En el puerto de Gustavia. Es el principal punto de transporte de la isla.

—Estoy nerviosa. ¡No sé cómo va a ser mi primer día de trabajo!

—Vamos a dar una vuelta a toda la reserva natural para que la conozcas de primera mano.

Se dirigieron hacia la playa Corossol, donde tenían un sitio reservado para aparcar el vehículo. Allí había unos muchachos que ayudaron a bajar a Helena hasta la lancha, mientras que Goldie saltó directamente.

—Ahora os voy a colocar el chaleco flotador. Hay uno especial para el perro y el de humanos para ti.

—Está bien —dijo Helena mientras se reía al ver lo grande que le quedaba—. Sé nadar perfectamente, ahí no tengo los problemas que tengo en la tierra.

—El primer destino es Anse de Colombier. Para ello vamos a dirigirnos hacia el norte, pasando por las bahías Anse Gros Jean y Anse de Gascon.

Goldie se había colocado en la proa de la lancha, en lugar de sentarse al lado de Helena, como siempre hacía. Esto fue algo que le chocó.

—¡Qué raro! Goldie siempre se sienta a mi lado. Sin embargo, aquí se coloca en la proa y no deja de mirar hacia donde nos dirigimos.

—Eso es algo natural en los perros que viajan en las embarcaciones marinas. Se colocan en la proa de los barcos, barcas o cualquier vehículo que se mueva.

Helena revisó su mapa local, comprobando por dónde se movían. Ella recordaba que también tenía que vigilar otras áreas que estaban por allí cerca.

—¿No vamos a pasar por Pain de Sucre y Les Gros Ilets?

—¡Sí! —dijo Sophie sonriendo—. Ya veo que has estado leyendo.

—Antoine me ha contado acerca de ello.

—Pasaremos a la vuelta, así podrás contemplar todas las islas que hay alrededor.

A medida que navegaban por las diferentes ensenadas y bahías, podían observar la gran cantidad de hermosos barcos de turistas que circulaban por alrededor. Multitud de esas embarcaciones estaban ancladas cerca de la playa, en ese tipo de aguas que resultan absolutamente transparentes para el ojo humano. Muchos de esos turistas, simplemente estaban tomando el sol y bañándose en el agua.

—La isla es un paraíso —dijo Sophie—. Es el tipo de lugar al que le gustaría venir a cualquier persona que viva en una ciudad.

—Es muy hermoso, no cabe duda. Pero no noto vida de peces en toda esta zona donde están los barcos y las personas —dijo Helena mientras ponía su mano en el agua, sintiendo la ausencia de peces alrededor—. Todos esos turistas espantan a los peces que viven alrededor.

—El turismo incontrolado es uno de los problemas que sufre la isla y también sus zonas colindantes. Es un lugar excepcional para navegar, nadar y bucear; pero siempre hay gente que no muestra respeto por la naturaleza.

—Hay zonas en las que está prohibido bucear, ¿no es cierto?

—Así es —dijo Sophie mientras señalaba una zona de la bahía de Colombier—. ¡Ahí no se puede!

—Estoy viendo una lancha y hay buceadores allí —dijo Helena, alterada.

Sophie se acercó hacia la zona en la lancha y se detuvo cerca de ellos. En primer lugar, sacó unas fotos, para después anotar todo y llamar por teléfono a las autoridades.

—¡Lárgate, bruja! —dijo uno de los buceadores que estaban allí mientras se encontraba en el agua.

—¡Está terminantemente prohibido bucear aquí! Y mucho menos venir a pescar.

—Si no te vas —dijo otro buceador—, os vamos a volcar la lancha. ¡Cierra el pico y vete!

En ese momento, Helena tocó el agua con su mano y se percató de que había algunos amigos por ahí cerca.

—¿Estás bien Helena? ¿Te ocurre algo?

—Estoy bien. Estoy sintiendo que viene alguien para ayudarnos con este problema.

—A ti te vamos a quitar el flotador —dijo el tercer buceador—, solo para ver cómo te hundes.

Los tres muchachos se rieron, además de contar algunos chistes sobre cómo se hundiría ella si no supiera nadar. Dejaron de reírse cuando Helena se puso a reírse también.

—¿Qué ocurre, Helena? —dijo Sophie, preocupada.

—Es hora de que os subáis a la lancha y os marchéis —dijo Helena sonriéndoles.

—¿O qué? ¿Qué vas a hacer?

Algo irrumpió al lado de los buceadores, algo que les estaba mordiendo las bases de sus anzuelos. Sin darse cuenta, al lado de cada uno se encontraban varios tiburones nodriza, que los miraban fijamente, a una distancia de menos de un metro.

—Si no os vais —dijo Helena sonriendo—, les diré que os ataquen.

En ese momento, los tiburones comenzaron a enseñarles los dientes, de igual forma que lo hace un perro. E incluso comenzaron a morderles una de las redes que tenían allí.

—¿Cómo es posible que te hagan caso estos tiburones? —dijo Sophie sorprendida, contemplando cómo Helena metía la mano en el agua y se dejaban acariciar igual que Goldie.

El miedo no terminó ahí, porque se acercó un tiburón tigre y un tiburón martillo, ambos de más de cinco metros. Se aproximaron a los buceadores, se acercaron muy despacio y sacaron su imponente boca para acercársela a la cara de los buceadores, los cuales estaban muy asustados.

—Si volvéis por aquí a pescar ilegalmente —dijo Helena—, ¡seréis pasto de los tiburones!

Los muchachos se subieron muy despacio a la lancha, para no alterar más a los tiburones. Después dejaron todas las redes dentro de la lancha e intentaron arrancar el motor para irse; pero no terminaba de arrancar. Algo le estaba fallando. A lo lejos se podía oír a la patrulla marina, que se acercaba para capturar a estos pescadores furtivos. Tardaron un par de minutos en conseguir arrancar la lancha, pero fue suficiente para encender el motor y huir de la patrulla; aunque no sirvió de mucho, porque les acabaron cogiendo un poco más adelante.

Sophie se quedó mirando a Helena, ya que se había sorprendido mucho por el don que poseía: comunicación con los peces. Aquello era algo sobrenatural.

—¿Cómo es posible que te puedas comunicar con ellos? —dijo Sophie, impactada tras las escenas acontecidas.

—Digamos que yo soy una especie de pez —dijo Helena, sonriendo, mientras acariciaba con sus manos al tiburón tigre y al tiburón martillo.

—Llevo toda mi vida en el mar, pero nunca he presenciado tal acontecimiento.

—Vamos a revisar el resto de los islotes que nos quedan.

La embarcación se dirigió hacia isla Fourchue, que era la más alejada, ya que estaba más en la zona norte. Después recorrieron isla Frégate e isla Toc Vers.

—Ha ido un día duro —dijo Sophie—. Hemos recorrido mucho. Te voy a dejar en la playa, ya que allí esta villa de la Sirena. Mañana, la lancha estará allí cerca. Mañana te mostraré el resto de la isla y continuaremos la vigilancia.

Así lo hicieron, dejaron la lancha en la ensenada, Anse des Cayes. Eugène pasó a buscar a Sophie, ayudando a bajarse a Helena y a Goldie. Resultó una sorpresa para Antoine, contemplar a Helena vestida de vigilante y con el flotador puesto.

—¿Ya no sabes nadar? —dijo Antoine.

—Son las normas de navegación —dijo Helena sonriendo.

—Mañana nos vemos —dijo Sophie—. Ninguno creeríais lo que he visto hoy.

Sophie le contó a Antoine la sorprendente capacidad de Helena para comunicarse con la fauna marina. Resultaba como una especie de médium con el mundo marino. Cómo es lógico, Antoine se reía, porque sabía que era completamente cierto.

15

La libertad

El primer día de trabajo de Helena había sido un motivo de satisfacción. Por ello, ella no dudó en contarle a Antoine toda la historia. Al principio, el relato resultaba bastante ameno, con bastantes anécdotas interesantes; pero el final resultó algo comprometido para Antoine. El hecho de que las personas humanas comenzaran a ver a Helena como un ser sobrenatural no era algo que él aceptase tan fácilmente. Se supone que tendrían que verla como un ser humano más, no como una bruja con poderes mágicos. Eso siempre había traído problemas a lo largo de la historia, no se trataba de algo puramente actual.

Como de costumbre, cada día después de comer, llegaba el tiempo de reposar mirando al horizonte del mar. Sorprendentemente, Helena ya se había adaptado también a este ritual, el cual repetía Antoine una y otra vez. Por norma, la conversación principal siempre solía tratar sobre el mar, su fauna y, en ocasiones, sobre su furia; pero después de lo sucedido por la mañana, Antoine cambió de tema.

—Tenemos que hablar de tu nuevo trabajo —dijo Antoine mientras sostenía una taza de café, que aún no podía probar por estar demasiado caliente.

—Te escucho.

—Tú compañera Sophie ha visto que tienes un don divino para contactar con la fauna marina. Se ha impresionado tanto que incluso me lo ha contado a mí.

—Ya lo he visto. Yo solo quería ayudarla a realizar su trabajo.

—Eso es lo que me preocupa: tu forma de trabajar. La cara de Helena cambió al percibir ese rechazo.

Posó su taza en la mesa y comenzó a notar la preocupación en los gestos de Antoine. Ella notó que algo atormentaba la mente de él, porque existía algo que le incomodaba a él y que era sobre ella.

—No quieres que los ayude, ¿verdad? Solo quieres que me quede aquí contigo, viendo pasar el tiempo.

—¡No es eso! —dijo Antoine mientras se levantaba de su silla—. El problema es que tú no eres humana y tu comportamiento divino causa la inevitable atención de los demás.

Helena se disgustó y casi se puso a llorar. Comenzó a sentirse culpable, aunque no sabía el porqué. Se tomó un sorbo del té, luego se quedó mirando la taza fijamente, recordando la historia de cómo había pasado de vivir en el mar a vivir en la tierra.

—¿Quieres que deje mi trabajo? ¿Quieres que me quede aquí contigo?

—En el fondo, es lo que deseo. Lo reconozco. Pero comprendo que tú también tienes un cometido: vigilar el mar.

—¿Qué te incomoda entonces?

—No puedes seguir llamando la atención con tus dones. Si quieres ayudar, me parece bien, pero solo como condición humana, comportándote como una mujer terrestre normal. No como un ser sobrenatural, que es lo que en realidad eres. ¡No puede ser que puedas hablar con los peces!

La discusión duró un rato más, hasta que el timbre de villa de la Sirena sonó. Afortunadamente, sirvió para interrumpir la acalorada disputa entre Antoine y Helena. Sin otra alternativa, Antoine se dirigió hacia la puerta y vio a los chicos de las obras.

—¡Buenas tardes! —dijo Michel.

—¡Buenas tardes! —dijo Antoine, sorprendido de verlos—. No os esperaba hasta la semana que viene.

—Afortunadamente, nos ha llegado más pronto de lo previsto. ¿Se lo podemos montar ahora mismo?

—¡Pasad! El hueco está libre para que podáis hacerlo hoy.

Los muchachos pasaron y saludaron a Helena, la cual no estaba muy receptiva. Todavía permanecía enfadada por la conversación previa con Antoine. Afortunadamente, el montaje resultó relativamente fácil y no les dio problemas, porque era un sistema motorizado para elevar a alguien, menor de cincuenta kilos en este caso, para conseguir subir y bajar las escaleras.

—¡Helena! ¿Puedes venir?

—¡Sí!, ¿qué necesitas?

—Vamos a probar este elevador para que puedas subir y bajar las escaleras sin ayuda exterior.

Helena se subió y accionó el motor, que al moverse hizo un ruido que causó el ladrido de Goldie. Por lo visto, ese sonido mecánico le molestaba en sus oídos. El otro problema era que Goldie se quería subir encima de Helena mientras subía o bajaba en el elevador, algo que sobrepasaba el peso máximo. Resultó bastante cómico, porque Helena no consiguió realizar ni un ciclo entero sin que el perrito se subiera alguna vez, pausando el avance del elevador.

—¡Goldie! —dijo Helena con una voz elevada—. ¡No!

—¡Goldie! —dijo Antoine con voz de mando—. ¡Ven aquí!

Llamaban al perro, pero el animal no podía evitar subirse con Helena cuando esta se desplazaba en cualquier lugar. Él entendía que ella se movía y lo asociaba con querer estar con ella. Era a lo que le tenían acostumbrado, así que tendrían que enseñarle a no hacerlo.

—Ahora ya puedes subir y bajar sin problemas —dijo Antoine mientras daba la mano a Michel—. Pero sin el perro.

—Me alegro por Helena —dijo Michel feliz.

—¡Gracias por el elevador! —dijo Helena, contenta de poder usarlo sin depender de nadie.

Antoine pagó a los chicos por el trabajo realizado. Después, estos cogieron todas sus cosas y limpiaron todo lo que habían ensuciado. Con ello, la villa de la Sirena se había convertido en una vivienda adaptada para Helena. A partir de ese momento, ella sería capaz de moverse por todos los rincones, sin apenas limitaciones.

—Te agradezco todo lo que has hecho por mí —dijo Helena mientras cogía la mano de Antoine con sus dos manos—. Nadie, en miles de años, ha hecho tal esfuerzo por mí.

—¡Es un placer! —dijo Antoine sonriendo—. Es lo menos que puedo hacer. Quiero que mientras estés aquí tu estancia sea lo más confortable posible.

Ambos se sentaron juntos, dentro de la casa, algo que les hacía sentirse extraños. Así que se empezaron a mirar con una cierta complicidad, hasta que Helena dijo algo divertido.

—Supongo que seguiremos tomando las infusiones en la calle, como lo hemos hecho otras veces.

—¡Por supuesto! ¿No te gusta la tranquilidad en casa?

—Realmente, no la soporto. Resulta como estar encerrada en una jaula. ¡No sé cómo lo soportáis los seres humanos!

—Me enfado contigo, pero es que no puedes seguir mostrando tus dones divinos ante los seres humanos. El mundo ha avanzado mucho respecto a lo que tú conoces, lo reconozco. Pero sigue siendo muy peligroso para todo aquello que sea especial y, sobre todo, que pudiera llegar a ser muy valioso económicamente. ¡Tú no tienes precio!

16

Grand Fond

El día comenzó a las siete en punto, momento en el cual Goldie escuchó el despertador de Helena. El perro ya había asociado ese sonido con la hora en la que ella se tenía que levantar, y lo más importante, que ambos tenían que desayunar. De todas formas, este tipo de animales de compañía suele tener un horario de comidas que no necesita de la ayuda adicional de un reloj.

No era solo una cuestión de comer, sino que Goldie conocía bien todo el proceso que llevaba Helena: ducharse, asearse y vestirse. No se separaba de ella ni un solo instante y entendía muchas de las cosas que ella le decía. Aunque es cierto que había un instante que suponía la llamada de Goldie a la cocina, que no era ni más ni menos que el sonido de la cafetera italiana silbando, porque eso significaba que comenzaba a haber galletas encima de la mesa que Antoine había preparado.

Esta vez, Helena pudo bajar por el elevador y se sentó en su silla de ruedas para poder desayunar. Antoine se fijó en su traje de vigilante, el que siempre le hacía recordar a los vigilantes de la playa.

—¡Buenos días! —dijo Antoine mientras le echaba el café a Helena—. ¿Cómo has descansado hoy?

—¡Bien! Aunque sigo teniendo algunos sueños raros.

—Ya he visto que Goldie está aprendiendo muchas palabras.

—¡Sí! Es impresionante lo inteligente que es.

—Hoy ya no tienes que moverte en vehículo, porque la lancha sigue ahí en frente, en Anse des Cayes.

—Mejor, porque no me gusta moverme por la ciudad en coche.

Helena se preparó para salir a la calle, junto con Goldie, donde esperaba a Sophie, quien acercaría la lancha y se subirían juntas para continuar con la ruta que habían dejado el día anterior. En esta ocasión, ellas tenían que rodear la isla de Gustavia por su zona sur, para posteriormente bordear la isla, dirigiéndose hacia el norte y solamente entonces podrían pasar por Pain de Sucre y Les Gros Ilets.

A las ocho en punto sonó el timbre de villa de la Sirena. Sophie estaba lista para acercar a Helena a la lancha, aunque eso sí, con la ayuda adicional de Ray, un ayudante de dieciséis años que trabajaba haciendo recados.

—¡Buenos días! —dijo Sophie sonriendo.

—¡Buenos días! ¿Y tu nuevo acompañante?

—¡Buenos días! Yo me llamo Raymond, pero todos me llaman Ray.

—¿No vienes con nosotras?

—Yo no sé nadar. ¿No te da miedo el mar estando en una silla de ruedas?

—¡Para nada!

Sophie y Raymond ayudaron a colocar a Helena en la lancha, para después empujarla hasta alcanzar una altura mínima de agua para poder arrancar su motor. Goldie no necesitó ayuda adicional, porque saltó el primero a la lancha: tenía prioridad de embarque. Una vez sentados, arrancaron el motor y la embarcación se dirigió hacia el interior.

—Ahora dejaremos a la derecha Le Château —dijo Sophie—, en la bahía de Saint Jean, para después pasar por la ensenada Anse de Lorient.

—Esa zona ya la conozco. Después se encuentra Pointe Milou, donde vivía Goldie, seguido de Mont Jean.

Helena disfrutaba de su paseo matutino por el mar, contemplando a algunos delfines que nadaban alrededor, lo que suponía un motivo de felicidad para Sophie. La lancha prosiguió su ruta hasta alcanzar la isla de la Tortuga, dejando al norte el islote Las Granadinas.

Esta isla de la Tortuga está situada a novecientos metros al este de Point Mangin. La isla ha sido reconocida como un área importante para por BirdLife International, ya que es el hogar de colonias de cría de charranes reales y gaviotas reidoras, e incluso de algunas parejas de aves del trópico de pico rojo. No debe confundirse con la isla de la Tortuga de Haití, que es famosa hoy en día por numerosas historias de piratas.

—¿Puedes parar un momento el motor? —dijo Helena, al percibir una extraña sensación del mar.

—¡Claro! Ahora mismo.

Sophie detuvo la marcha de la lancha, cerca de Las Granadinas Helena puso su mano en el mar, dándose cuenta de que había varios delfines que la estaban acompañando, motivo por el cual se rio. En apenas unos segundos, uno de ellos se asomó con la cabeza para que ella le acariciara, a lo que Goldie respondía ladrando con envidia. Pronto se dio cuenta de que ella no estaba navegando sola con Sophie y con Goldie, sino que llevaba escoltas de vigilancia.

—¡Vale! Ya podemos seguir.

Sophie se sorprendió de volver a ver la misma escena. Unos delfines estaban siguiendo a Helena, a medida que iban moviéndose por el mar, como si fueran los guardas de seguridad. Llegó un momento en el que algunos se colocaban cerca de la proa y otros a los laterales.

—Ahora vamos a dejar a la derecha esa ensenada, que se llama Anse du Petit Cul-de-Sac. Después pasaremos por otras ensenadas: Petites Anses, Anse Toiny y Anse de Grand Fond.

—Por ahora no hemos visto nada sospechoso.

—Puede ser porque es pronto, pero más tarde es cuando los turistas comienzan a ignorar todas las normas habidas y por haber.

La lancha se dirigió hacia el sur, concretamente cerca de la isla de las Ballenas de Grand Fond, pero una nueva sensación negativa comenzó a afectar a Helena.

—Algo ocurre cerca de ese islote.

—Vamos por allí entonces.

Allí, a unos trescientos metros al sur de la isla, había un yate de unos diez metros, en el que había una mujer y un hombre pidiendo ayuda. Ella se puso a chillar en cuanto vio la lancha, pensando en que sería alguien del puerto. Sophie se impresionó bastante por el increíble acierto de Helena: parecía como si tuviera un sexto sentido.

Se acercaron, contemplando cómo había una mujer llorando y un señor vestido de buzo, el cual se echaba las manos a la cabeza. Todo parecía indicar que algo no iba bien.

—¡Ayuda! —dijo la mujer a Sophie.

—¿Qué ocurre?

—Mi nombre es Irina y él es Jacob. Estamos realizando una investigación para National Geographic acerca de los fondos marinos y lo tenemos todo en regla. ¡No estamos haciendo nada ilegal!

—¿Qué ocurre? —dijo Sophie preocupada.

—Hay un buceador atrapado ahí abajo —dijo Helena mientras ponía su mano en el agua.

—¡Sí! —dijo Jacob impresionado—. ¿Cómo sabe eso?

—El problema es que ya no tenemos más botellas de aire —dijo Irina—, por lo que no podemos buscarle ahí abajo.

Además, Gustav, que es quién está ahí abajo, se quedará sin aire en unos diez minutos, por lo que no nos da tiempo a que venga nadie de ningún puerto. ¿Por casualidad, no tendrán ustedes botellas?

—¡No! Cuánto lo lamento.

La pareja rompió a llorar desconsoladamente, porque no iban a ser capaces de salvarle. Buscar a alguien por debajo de sesenta metros de profundidad no era una tarea para ser realizada a pulmón por cualquier ser humano tradicional.

—Voy a bajar a buscarle —dijo Helena a Sophie en voz baja.

—Sé que eres una experta buceadora —dijo Sophie también en voz baja—, pero tienes que bajar a una profundidad de más de sesenta metros y luego ponerte a buscarle.

—Preocúpate por despistarlos mientras me quito el bañador y me sumerjo.

Sophie se quedó perpleja al ver como Helena se quitaba el flotador reglamentario y el bañador, quedándose completamente desnuda. Después, procedió a zambullirse en el agua en silencio, pero sin ni siquiera coger aire. En cuanto alcanzó un par de metros bajo el agua, ya se había convertido en una poderosa sirena, y comenzó a bajar a una velocidad increíble hacia el fondo del mar. Pero no iba sola, ya que había allí algunos delfines que la acompañaban. Pronto percibió el lugar de donde venía el sonido proveniente de Gustav, el cual se había quedado atrapado en un pecio de una antigua embarcación pesquera.

Al acercarse, Helena habló con una morena verde de dos metros y medio que vivía allí y que aseguraba que allí había alguien.

Según su propia historia, ella mordió al buceador por invadir su propiedad, por lo que el buceador quiso salir todo lo rápido que pudo, colisionando y quedándose atascado. Así, pues, Helena entró, localizando lo que bloqueaba al desafortunado buceador, el cual se quedó impresionado al verla y se desmayó. Creyó que ya estaba teniendo alucinaciones, que es algo que puede llegar a suceder por falta de oxígeno y por otros motivos de pánico.

Al ver cómo se había atascado el buceador, Helena le ayudó a liberarle, junto con la ayuda de los delfines y bajo la atenta mirada de la morena que quería volver a morderle. El buceador estaba desmayado, pero los delfines ayudaron a Helena a sacarlo hacia afuera, a la superficie, y Goldie saltó al mar para ayudarle, con su flotador, que también ayudaba a flotar al buceador.

Mientras todos celebraban el momento feliz de volver a ver a Gustav mientras era rescatado por Goldie, Helena aprovechó el momento para subirse en la lancha en forma de sirena, asustando a Sophie, que se quedó en *shock*. No pudo ni abrir la boca. En apenas un minuto, Helena ya había vuelto a su forma humana, volviéndose a colocar el bañador y el flotador.

—Sé que no me vais a creer —dijo Gustav mientras se quitaba el traje de buceo—, pero me ha salvado una sirena.

—Creo que te has quedado sin suficiente oxígeno o no has visto bien algo —dijo Irina mientras le abrazaba.

—¿Lo del perro también lo he soñado?

—¡No! —dijo Helena abrazando a Goldie—. Aquí está tu héroe salvador.

Goldie se tiró al agua nuevamente y fue nadando hasta el barco, donde le ayudaron a subir a cubierta. Gustav le abrazaba mientras Goldie le lamía en la cara. En cuanto le soltaron, el perro se volvió a tirar al agua para volver nuevamente hacia la lancha.

En medio de tal alegría, Sophie estaba bloqueada y no aceptaba la realidad. No era capaz de mover la lancha ni tampoco de decir nada. El yate se fue y ellas se quedaron un rato solas contemplando la tranquilidad del mar.

—¡Eres una sirena! —dijo Sophie en voz baja y lenta—. Pero de las de verdad.

—Así es. Soy una vigilante del mar. Lamento haberte asustado, pero quise salvarle la vida a ese buceador.

—A él le has salvado. Pero a mí casi me da un infarto.

—Espero que lo guardes en secreto. Antoine no quiere que se sepa porque podría resultar peligroso para mí.

Sophie retomó la compostura y arrancó el motor de la lancha para continuar con la ruta. Por fin había comprendido el misterio de la comunicación con el mundo marino, algo que no parecía ser habitual en el mundo de los humanos. No sabía qué decir, así que simplemente se dirigió hacia la bahía de Gustavia y luego comenzó a alejarse rumbo a la isla de Le Pain de Sucre, para terminar la ruta y cumplir así la vigilancia de toda la reserva natural.

Helena se convenció de que sus actos divinos causaban un gran impacto en los seres humanos, por lo que se sintió mal; pero en su interior se sentía muy orgullosa de haber salvado a aquel buceador en apuros.

—Ya hemos terminado de hacer todo el *tour* —dijo Sophie—. Ahí hemos dejado atrás Le Pain de Sucre, por lo que
enfrente tenemos el puerto de Gustavia.

—Vale. Ha sido maravilloso poder conocer todos estos lugares
contigo. ¡Te lo agradezco, de verdad!

—No sé cómo voy a asimilar lo que eres, pero sé que per-
teneces a los seres divinos buenos.

—Si me invitas a un buen té, te contaré todos los secretos
que quieras del mar.

La lancha se dirigió al puerto, donde les estaba esperando
Raymond para ayudarles a sacar a Helena de la lancha y a colo-
carla en el coche. Goldie se lanzó directamente al agua y nadó
hacia la orilla, dirigiéndose a gran velocidad hacia Raymond,
para finalmente saltar a sus brazos.

—Lo creas o no —dijo Sophie mientras se subía al coche—,
Goldie ha ayudado hoy en un rescate. ¡Qué valentía!

—¿Quieres oír algo más inquietante aún? —dijo Raymond
mientras colocaba a Helena en el vehículo.

—¡Sorpréndeme! —dijo Sophie.

—El buceador ha asegurado a las autoridades que una sirena
le salvó la vida —dijo Raymond, mostrando la noticia en la web.

—Helena la llamó para que viniera —dijo Sophie, seria,
mientras Helena mostraba un rostro serio.

—¿Es en serio? —dijo Raymond, mostrando una cara de
sorpresa. Porque la historia no termina ahí. Resulta que los
últimos buceadores que cogisteis infraganti aseguraron que
Helena tenía poderes mágicos y que era capaz de hablar con
los tiburones.

—¿Y tú te crees eso? —dijo Helena.

—Hay rumores entre los marineros, porque alguno asegura haber visto a una sirena por los alrededores de la zona norte de la isla.

—Es que la hemos contratado para que vigile la reserva natural —dijo Sophie, riéndose mientras miraba a Helena.

—Es cierto —dijo Helena, riéndose también.

Puedes decirles a los marineros que hay una vigilante del mar.

—Es que es eso lo que vienen a decir —dijo Raymond—. Creen que Helena es una especie de hechicera o bruja capaz de llamar a un ser sobrenatural como una sirena.

Después de un largo día, por fin Helena pudo llegar a villa de la Sirena, donde le esperaba Antoine en la misma puerta y con la silla de ruedas preparada. En cuanto pararon el coche, Goldie saltó directamente por la ventana, sin esperar a abrir la puerta, dirigiéndose hacia Antoine.

—¡Buenas tardes, señor Dupont! —dijo Raymond.

—¡Buenas tardes! Ya me he enterado de que ha habido un milagro en el mar y que un buceador ha conseguido salvarse gracias a una sirena.

—A partir de ahora —dijo Raymond mientras ayudaba a bajar a Helena—, ese rumor sirve para alejar a aquellos que maltratan a la fauna. Nos beneficia a todos de alguna forma.

Aquello enfadó mucho a Antoine, aunque no lo manifestara delante de Sophie y de Raymond. Todos aquellos acontecimientos llamaban la atención de la gente, y causaban las sospechas de brujería en Helena. Aun así, dedicó la tarde a seguir dándole formación en historia, porque era lo que se había propuesto hacer con Helena mientras estuviera viva. En esa tarde, a Antoine le tocaba hablar de la Revolución Francesa y del El Terror jacobino que ocurrió entre 1793 y 1794.

El plan de Antoine consistía en contarle a Helena toda la historia desde la Edad Media hasta los tiempos actuales, algo que se torna excesivamente largo y que, como es lógico, requería una gran cantidad de tiempo. Es cierto que se puede resumir todo, pero, aun así, se precisa de mucho tiempo para poder llegar a vislumbrar todo lo sucedido en un margen de tiempo tan grande para un ser humano. Su inquietud pasaba por no llegar a contarle todo a Helena a tiempo antes de que él falleciera, como si se tratara de una carrera a contrarreloj.

17

La oscuridad

Habían pasado varios días desde que Helena había comenzado a trabajar para la agencia. El hecho de que Goldie, su particular ayudante canino, la pudiera acompañar a todos los lugares, le resultaba de lo más positivo y gratificante. Por otro lado, el transporte no era problema, ya que tenía a Eugène y a Sophie, con quienes podía contar para lo que fuera necesario.

Sin embargo, el día a día de Antoine era diferente. Era más que evidente que se sentía más apagado cada día que pasaba. Y es que, cada vez se mostraba más reacio a salir de casa, cuando él siempre había sido la imagen de la felicidad entre todas sus amistades, no solo de la isla, sino también de multitud de lugares localizados en todo el Caribe. En parte por su medicación y en parte por su estado mental; pero todo sumaba, causando así que su tren de vida se estuviera ralentizando.

Era martes y el día comenzó puntual a las siete en punto de la mañana, de igual forma que el resto de los días laborables. El despertador sonó, y Goldie se subió en la cama de Helena, lo que hacía todos los días, para lamerle la cara y despertarla. Por su parte, Helena se hacía la dormida para provocar a Goldie que ladrara, hiciera divertidos sonidos y se terminara subiendo a la cama para despertarla.

—¡Ya me levanto, Goldie!

A partir de ese momento, Helena no era capaz de deshacerse de su acosador peludo. No se podía quedarse sola ni tan siquiera en el baño, hiciera lo que hiciera. A lo único que reaccionaba negativamente Goldie era al secador de pelo, porque le molestaba en los oídos y comenzaba a ladrar.

Para desayunar, ella tomaba café solo y ciertas algas marinas. Algunas se las preparaba Antoine en un túper para que Helena las llevara como comida a media mañana. Es cierto que ella había probado diferentes alimentos humanos, pero no llegaban a convencerla.

Esta vez fue Sophie a buscarla a su casa, ya que Eugène tenía que ir al puerto a recibir una carga de contenedores. En esta ocasión, el vehículo era diferente, pero todos tenían algo en común: una cama pequeña de perro para Goldie. No solamente ahí, sino también había otra camita de perro en la oficina, que tenía incluso una etiqueta con el nombre de Goldie.

—¡Buenos días! —dijo Sophie.

—¡Buenos días! —dijo Helena mientras miraba cómo se subía Goldie.

—¿Vamos? —dijo Sophie a Goldie para arrancar el vehículo.

En ese momento, Goldie siempre respondía con un único ladrido, viniendo a confirmar que estaba de acuerdo y que quería moverse.

El transporte rutinario a la oficina siempre se consideraba como algo rápido; pero había ocasiones en las que algún atasco molesto se creaba en caso de accidente. Al llegar a las inmediaciones del recinto, Goldie se empezaba a mover dentro del coche, porque ya sabía que habían llegado.

—¡Abajo! —dijo Helena a Goldie—. Alguien tiene que vigilar el mar.

Helena tenía tal manejo de la situación, que era capaz de bajar la silla de ruedas y bajarse saltando, como en una película de acción, por lo que prácticamente no necesitaba ayuda externa. Aun así, Sophie intentaba darle soporte en todo lo que necesitara.

Desde primera hora, Helena estuvo en la oficina, junto con Sophie y Léa, revisando las grabaciones de las cámaras de la noche. Lo más llamativo fue ver a algunas tortugas verdes que se encontraban en las inmediaciones de algunas islas.

A media mañana, el teléfono fijo de su mesa comenzó a sonar, irrumpiendo en medio de la calma, algo bastante raro, ya que solía comunicarse mediante emisoras por los problemas de comunicaciones de los teléfonos en algunos puntos de la costa. Lo normal hubiera sido hablar por teléfono, pero con el fijo principal de recepción. Era extraño que incluso desde recepción pasaran la llamada directamente y sin avisar previamente.

—¡Buenos días! —dijo Helena.

—¡Buenos días! —dijo un chico—. ¿Es la señora Dupont?

—¡Sí! ¡Soy yo! ¿Qué ocurre?

—Su marido se encuentra actualmente en nuestras instalaciones médicas del CIST. Su estado parece muy grave. Creemos que debería venir cuanto antes.

Ella comenzó a llorar mientras las otras compañeras la abrazaban. Les explicó que su marido estaba muy enfermo y que ella tenía que ir urgentemente al centro médico. Por ello, llamaron a Eugène para que la llevase cuanto antes. La espera de la llegada del vehículo fue angustiosa, porque ella era consciente de que el tiempo estaba transcurriendo y que Antoine tenía muy pocas probabilidades de sobrevivir a un segundo ataque al corazón. En unos diez minutos, la recogieron y la llevaron hasta el centro. En cuanto llegaron, Helena se bajó rápidamente en la silla de ruedas y entró a gran velocidad hacia el interior.

—¡Buenos días! Soy la señora Dupont.

—¡Buenos días! —dijo una enfermera—. Usted puede pasar conmigo, pero el perro tiene que quedarse ahí esperando.

—¡Espérame aquí! —dijo Helena a Goldie.

La enfermera acompañó a Helena hasta la habitación en la que se encontraba Antoine. Allí había un doctor y una doctora, cuyos rostros mostraban tristeza, algo que percibió Helena en cuanto confrontó las primeras miradas. Poco a poco, se fue acercando a la cama en la que estaba Antoine; pero los médicos ya aguardaban en silencio.

—¡Buenos días! —le dijo la doctora Mason—. Lamento comunicarle que su marido acaba de fallecer. ¡No hemos podido salvarle!

La marcha de Antoine lo cambiaba todo. Y para siempre. Desde la decisión de quedarse en tierra, hasta la de seguir trabajando para proteger la fauna marina. Helena, como es lógico, comenzó a llorar y a sentir que su vida ya no tendría sentido en la tierra, por lo que tampoco tenía sentido permanecer allí.

Lo primero que hizo fue llamar a Pierre para que viniera a ayudarla a realizar todos los trámites legales que le estaban pidiendo. Realmente, ella no comprendía lo que tenía que hacer ni cómo ni por qué. De alguna forma, Helena tenía que cerrar ese capítulo de la vida de Antoine, tal y como se debiera de hacer según la cultura que él siempre procesó. Para agilizar todo, Pierre habló con Eugène, e hicieron que Helena firmase un poder para autorizar a estos dos hombres a realizar todos los últimos trámites del entierro de Antoine.

Helena pidió irse a su casa, junto con Goldie, que no se separaba de ella. Después de firmar algunos documentos, finalmente la dejaron marchar.

—¡Quédate aquí en el coche! —dijo Eugène—. Yo voy a dar el último adiós a Antoine. Después os llevaré a la villa.

Eugène, además, habló con los médicos para conocer los trámites que había firmado Helena y si había que realizar alguno más.

Resignado, cumplimentó todo lo pendiente y después bajó para llevar a Helena y a Goldie hasta la villa.

—¿Necesitas que me quede aquí contigo? —dijo Eugène.

—No hace falta. Solo quiero estar sola. Te llamaré luego por la tarde para comenzar con todos estos trámites.

Parecía soportar ese peso, pero en cuanto se quedó sola, se dirigió hacia la arena, lugar donde se le encalló la silla de ruedas. Cuando no pudo avanzar más, saltó y se puso de rodillas, llorando.

—¡No puedes hacer que vuelva! —interrumpió una voz en su cabeza.

—¿Tú tampoco puedes hacer que vuelva? —dijo Helena, llorando.

—Ya conoces cómo funciona esto —dijo la misma voz—. Los seres humanos tienen asignado un tiempo de vida, como el resto de los seres vivos.

—¿Eres Zeus? —dijo Helena.

Entonces apareció un anciano detrás de ella, sorprendiéndola y ayudándola a subirse a la silla. Después, la acercó hacia su vivienda.

—¡Gracias! —dijo Helena, sorprendida de ver a alguien en la playa cuando unos segundos antes allí no había nadie—. Es que estoy muy disgustada por el fallecimiento de mi marido. ¿Cómo te llamas?

—Yo soy Zeus.

Helena se quedó sorprendida, ya que no esperaba que él se manifestara en forma de ser humano. Zeus pudo contemplar la sinceridad de las lágrimas de Helena, su dolor y su desconsuelo.

—Te agradezco que me hayas dado la posibilidad de vivir en la tierra —dijo Helena mientras le caían las lágrimas—, porque ha sido maravilloso conocer la vida actual en la compañía de Antoine. Pero sin él, no veo el sentido de estar aquí. Creo que volveré al mar, que es de donde procedo.

—La decisión es tuya. ¡Eres libre de decidir!

—Organizaré el funeral y me iré. Él se lo merece. Creo que es lo mejor.

En un abrir y cerrar de ojos, Zeus se esfumó. Por su parte, Helena había decidido qué hacer. Lo tenía claro. Encendió el portátil de Antoine y se puso a aprender cómo celebrar el entierro: qué tenía que hacer ella y cómo tenía que terminar todo ese conjunto de procesos que no comprendía. Ese día no fue a trabajar, debido a que pasó el día en casa, sentada en su terraza mirando al mar.

Al llegar la noche, no pudo dormir como humana. Lo que días anteriores podía hacer bien, esa noche le resultó imposible. Optó por acercarse arrastrándose hacia el agua, se tiró al mar y comenzó a hacer una revisión de todos los islotes que estaban cerca. Primero revisó isla Chevreay, después isla Frégate y, por último, isla Toc Vers. Necesitaba descansar, así que se dirigió a otra isla tranquila, concretamente a isla Fourchue, que se encontraba cerca. Gracias al movimiento del mar, pudo concebir su descanso marino.

Al amanecer, se dirigió hacia la playa y aprovechó la pleamar para acercarse lo más posible a su casa. Allí, la estaba esperando Goldie, que, por algún misterio, el perro sabía que ese pez era Helena. La reconoció y le acercó una toalla.

—¡Qué perro tan inteligente! —dijo Helena, sorprendida de ver cómo Goldie le había reconocido y le daba su toalla.

Una vez seca, Helena se pudo subir a la silla de ruedas, y volvió al interior de la casa para poder vestirse y continuar con la vida rutinaria.

El entierro tuvo lugar en el cementerio de Lorient, que, curiosamente, estaba muy cerca de villa de la Sirena. Para la ocasión, ella se puso la ropa más negra que tenía, porque se enteró de que era la costumbre. Al funeral fueron Pierre y Eugène, que también fueron los que pasaron a buscarla para llevarla allí.

En cuanto Pierre la vio, comenzó a llorar y la abrazó. De alguna manera, Helena se contagió y comenzó a llorar también.

—Le llegó su hora —dijo Helena.

—Fue muy afortunado de tenerte como compañía hasta el último momento —dijo Pierre.

La escena en el cementerio fue bastante dura para Helena. Pudo contemplar a mucha gente que ella no conocía, pero que sí conocían a Antoine y sentían pena por su marcha. Comprendió que él era una buena persona, querido por los demás y apreciado por sus allegados.

Al terminar el funeral, todos los presentes fueron uno por uno a presentar sus respetos a Helena, para indicarle su profundo lamento. El último fue Pierre, quien se le acercó cuando ya estaban solos. Comenzaron a hablar más tranquilamente.

—¡Lamento lo sucedido! —dijo Pierre.

—¡Yo también! —dijo Helena con profunda tristeza.

—Si quieres volver al mar —dijo Pierre—, yo lo entenderé. Ha sido un inmenso placer estar contigo. ¡Semidiosa del mar!

—Nunca me habían llamado así —dijo Helena sonriendo.

—Es como se llama a los hijos de dioses que son inmortales —dijo Pierre—, pero que tienen menos poderes y se vuelven más similares a los humanos.

—¿Quién se quedará con Goldie? —dijo Helena.

—Eugène se quedará con el perro y con las llaves —dijo Pierre—. Lo que no sabes es que Antoine ya le dijo que eres una sirena. Además, Eugène ya te ha visto ir a nadar y te ha visto bucear. Él es consciente de todo, así que cuando quieras ir a esa casa, estará disponible para ti. Él ve las cámaras de vigilancia de la casa y puede abrirte en remoto.

Cuando terminó el entierro, Helena se despidió de Antoine y después se volvió a casa junto con Pierre y Eugène. Al llegar, se abrazó a ellos, abrazó a Goldie, se quitó la ropa y se dirigió hacia el agua. Se tiró al mar y se fue nadando al interior. Para sorpresa de todos, Goldie no fue en busca de Helena ni tampoco comenzó a ladrar, porque sabía que ella no estaba en peligro.

Helena comenzó a nadar, cierto, pero no se alejó mucho de aquellas costas y siguió vigilándola, acercándose especialmente por las noches, que era cuando los pescadores furtivos intentaban entrar a cazar tortugas. A partir de ese momento, se dedicó a estar cerca de las costas de las islas de alrededores. Ella comprendía que tenía que seguir vigilando, pero no necesariamente desde la tierra.

18

Rumores

Pasaron varios días sin noticias de Helena. La solitaria casa de Antoine tenía cámaras de vigilancia, pero no solo la propia casa, sino también la zona de enfrente de la playa. De vez en cuando, Eugène revisaba las cámaras, e incluso se acercaba a la playa para pasear a Goldie. Tenía la esperanza de volver a ver a Helena otra vez; aunque él sabía que podrían pasar otros quinientos años hasta que ella volviera al mismo lugar. La percepción del tiempo no es la misma para una persona que vive ochenta años, que para un ser que vive para siempre.

La preocupación por la ausencia de Helena también alcanzó a sus compañeras de trabajo. Parecía como si ella hubiera desaparecido sin dejar rastro alguno. Lo peor es que todas ellas creían que Helena se había quitado la vida al no superar la muerte de su marido. Todas las mañanas preguntaban a Eugène si sabía algo; pero él no sabía nada nuevo de su paradero.

Algo nuevo cambió en el centro de vigilancia, ya que colocaron un equipo de vigilancia especial, similar a un sonar, que podía identificar el tamaño de los peces y a la velocidad a la que se podían mover. El mismo Eugène lo transportó hasta la zona y se acercó nadando para poder colocarlo en una zona estratégica. Su deseo: volver a localizar a Helena.

Esa misma noche, sucedió algo misterioso, rozando lo sobrenatural. Resulta que los datos obtenidos mostraron que hubo un pez de casi cuatro metros que había superado velocidades de ochenta y un nudos. Esto levantó las alarmas. Se sospechó del mal funcionamiento del nuevo equipo, que por lo visto era carísimo. Eugène recibió la llamada telefónica a primera hora de la mañana.

—¡Buenos días! —dijo Léa.

—¡Buenos días! —dijo Eugène.

—Necesitamos que vayas con Thierry a por el sonar que colocaste ayer. ¡No funciona bien! ¡Ha captado un pez a una velocidad de ochenta y un nudos!

—Eso no es problema del sonar. Sé lo que está pasando. ¿A qué hora sucedió?

—Pues han sido varias veces —dijo Léa mientras miraba los registros en su computadora—, pero todas sobre las tres de la madrugada.

—Esta noche voy a ir a realizar una vigilancia —dijo Eugène—. Mañana te informaré de los resultados. Honestamente, no creo que el sonar esté mal.

—¡Esa velocidad es imposible de alcanzar por un pez! —dijo Léa, enfurecida—. ¡Necesariamente está mal!

Llegó la noche y Eugène se dirigió en lancha hacia las zonas marinas en las que se habían recibido las señales del superpez. Él ya sabía que era una sirena, ya que a esa velocidad no podría ser un pez convencional. El hecho de recorrer esas islas en concreto situaba a Helena muy cerca. A veces, la esperanza es más fuerte que la realidad, por ello, él deseaba volver a verla. Podría ocurrir que fuera otra sirena diferente, pero la ilusión, y su deseo, era que fuera Helena. Cada vez que un pez salía a la superficie, él creía que iba a ser ella; pero nada de eso pasó en toda la noche.

Al día siguiente, no hubo registros de ningún pez que se moviera a tal velocidad. De todas formas, Eugène estuvo navegando varias noches seguidas por esas rutas con la esperanza de volverla a ver. Se vio tan frustrado que llegó a llamar a su amigo Pierre.

—¡Buenas tardes! —dijo Eugène.

—¡Buenas tardes! —dijo Pierre.

—Solo quería comentarte que hace unos días hemos instalado un nuevo sonar y que ha detectado un pez nadando a ochenta y un nudos. Llevo días navegando por las noches por la ruta registrada; pero no he conseguido encontrarla.

—¡Tú no puedes encontrarla! —dijo Pierre—. Es un pez que puede llegar a volverse invisible en las profundidades ante el ser humano. Si reduce la velocidad al detectar una embarcación no la diferenciarás de un pez normal mediante el sonar. Puede que ella te esté viendo ahora mismo.

—No sé cómo hacerle llegar un mensaje o cómo contactar con ella —dijo Eugène, desesperado—. Eso es lo que me molesta.

—Yo iré hoy por el puerto a ver qué nuevas noticias hay. Ya sabes que siempre hay comentarios, rumores y chivatazos. Si encuentro algo, me dirigiré directamente hasta la asociación para buscarte.

Sin otro remedio, Eugène tuvo que volverse a casa y no volvió a seguir buscando por las noches. Puede que ella estuviera allí, pero ella no aparecería si no quería.

Finalmente, él llegó a su casa y se echó a dormir.

Pasaron unos días y Pierre se presentó en las oficinas del centro de vigilancia. Esto sorprendió a todos, ya que sabían que él era amigo de Antoine y de Eugène.

—¡Buenos días! —dijo Léa—. Tú eres Pierre, ¿verdad?

—¡Buenos días! —dijo Pierre—. Necesito hablar con Eugène urgentemente. ¡No me coge el teléfono!

—¡Ahora mismo le llamo! —dijo Léa—. ¡Siéntese ahí! Ella cogió el teléfono, intentando localizar a Eugène.

Por algún extraño motivo, ella notaba la prisa que mostraba Pierre. Era evidente que algo malo estaba sucediendo.

—¡Hola, Eugène! —dijo Léa—. Tu amigo Pierre está aquí y necesita hablar contigo.

—¡Hola! —dijo Eugène mientras conducía por la ciudad—. En diez minutos llego.

Pierre se levantó en cuanto vio entrar por la puerta a Eugène. Le dio un abrazo y le pidió que fueran a hablar a un lugar privado. Escogieron la sala dos, porque era la que solía estar libre habitualmente.

—¿Qué ocurre? —dijo Eugène.

—He oído un rumor en el puerto —dijo Pierre, mostrando preocupación—. A lo largo de estos días van a llegar unos pescadores furtivos en busca de tortugas.

—¿No sabes quiénes son?

—¡No! Solo sé que son la típica escoria de pescadores que arrasan todo y luego se van a otros lugares.

Probablemente, vengan con un barco de pesca aparentemente normal, pero intentarán actuar una noche, cuando todos estemos durmiendo y nadie pueda defender a nuestra fauna marina.

Había algunos videos en la web en los que se mostraba cómo cazar tortugas gigantes. Pierre demostró a Eugène el tipo de redes que usaban de pesca: nasas de doble embudo, nasas bentónicas o plataformas de asoleamiento. Todas esas capturas habían sido en aguas tropicales, de islas conocidas y que no se encontraban muy lejos de las Antillas Menores.

—Las quieren por su codiciada carne, la piel, el caparazón y los huevos —dijo Eugène—. La mayor mortalidad de las pobres tortugas se debe a la pesca del ser humano. En muchas ocasiones, las tortugas se quedan enredadas en la pesca de enmalle, muriendo así miles de ellas al año.

—¡Vamos a hablar con la brigada de gendarmería! —dijo Pierre—. Vamos al Fort Oscar de Gustavia a hablar con ellos.

—No tenemos ninguna prueba que lo respalde —dijo Eugène.

—Nosotros haremos la vigilancia —dijo Pierre—. ¡Avisa a la sociedad GRENAT! ¡avisa a Léa!

Ambos se reunieron con el resto del equipo de vigilancia. Es cierto que solamente eran rumores, pero eran plenamente conscientes de que esto ya había sucedido en el pasado.

—¡Buenos días a todos! —dijo Eugène—. Ha venido mi amigo Pierre, que también es un buen amigo de Helena.

—¿Sabes por casualidad donde está Helena? —preguntó Sophie.

—Desafortunadamente no —dijo Pierre, resignado, mientras se sentaba.

—Pierre ha oído una serie de rumores —dijo Eugène—, bastante fiables, por cierto, acerca de unos pescadores furtivos que están atacando en todas las islas pertenecientes a las Antillas Menores.

Para dar más credibilidad, Pierre sacó unos videos que le habían pasado en el puerto, en el que se observaba cómo habían realizado la pesca ilegal de tortugas en islas conocidas. Además, mostró también algunos videos de personas en el puerto que aseguraron que habían oído comentarios de que esa gentuza pasaría por todas las islas, barriendo todo a su paso.

—Lo más probable es que vengan de noche a la isla —dijo Léa—. Se acercarán con lanchas oscuras, y sin luces, a la orilla de las islas. Echarán sus redes y comenzarán a cazar todo lo que sea de valor para ellos.

—A partir de ahora —dijo la señora Fain—, se quedará una única persona por el día, mientras que el resto estarán haciendo el turno de noche. Esta vez van a caer en nuestras redes y serán detenidos por la policía.

Eugène y Pierre se dirigieron hacia el viejo embarcadero para preparar todo lo que iban a llevar en su lancha. Había que poder grabar, tanto en el mar como debajo del mar, si fuera necesario. Ambos conocían las tristes historias en las que este tipo de pescadores sin escrúpulos arrasaban con todo lo que iban encontrando, dejando un rastro de desolación por donde pasaban.

19

El peligro del mar

Después de dos largas noches de vigilancia, y ningún éxito, todo el equipo se encontraba desmotivado. Creían que, quizás, lo que Pierre había oído, había sido tan solo un rumor. Por ello, acordaron que esa noche sería la última que trabajarían en modo vigilancia especial, es decir, dedicando la mayor parte del tiempo a estar trabajando por la noche.

Tanto Pierre como Eugène dedicaron su tiempo de espera a la deseada búsqueda de Helena; pero no encontraron ningún rastro de ella, ni tampoco consiguieron registrar altas velocidades en el sonar especial. No había ningún indicio que les dijera que Helena había estado por allí últimamente.

—Hoy ya es la última noche que me dejan quedarme a vigilar —dijo Eugène—. Mañana tendré que hacer el cambio de turno y volver a mi horario normal.

—Merece la pena intentarlo —dijo Pierre con una sonrisa sincera—. Se lo debemos a Helena y a la fauna marina. Incluso se lo debemos a Antoine.

—Luego, por la noche, vamos a situarnos en el canal entre las islas —dijo Eugène—, concretamente en el canal de San Bartolomé entre la isla de San Martín y la isla Fourchue. Hoy por la mañana me he enterado en el puerto de que las últimas denuncias de pescadores furtivos han sido realizadas en las Islas Vírgenes, hace dos días.

Pierre tenía la lancha en la ensenada Anse de Lorient. En cuanto comenzó el anochecer, ambos se dirigieron hacia la isla Fourchue donde se medió escondieron para posicionar un radar que rastreara tanto barcos como peces. La mar estaba bastante calmada, por lo que resultaba idóneo para poder acercarse cerca de las rocas de las islas. De hecho, era mucho mejor mar que el día anterior, lo cual sería favorable también para los pescadores ilegales.

Dieron las once de la noche, momento en el cual la única luz del cielo estaba protagonizada por aquella procedente de la luna menguante. La tranquilidad se rompió cuando el radar detectó que se acercaban dos embarcaciones.

—¡Allí vienen dos lanchas! —dijo Eugène mientras observaba con sus prismáticos nocturnos—. Vienen del norte, tal y como te dije.

—Vamos a dejarles pasar y les seguimos —dijo Pierre en voz baja.

Eran dos lanchas oscuras de unos seis metros de largo, en las que iban cuatro personas en cada una.

Circulaban a gran velocidad en dirección al este de la isla, como si fueran a rodearla, pero pasando por todas las zonas que les podrían servir para su pesca ilegal.

Por parte de Pierre y Eugène, prudentemente, decidieron no usar la emisora, para no arriesgarse a ser escuchados por los supuestos pescadores furtivos. Era más que probable que cualquier pescador ilegal que se precie estuviera monitorizando los diferentes canales de las emisoras. Quien se dedica a pescar ilegalmente, suele estar bien formado en ese tipo de cosas.

Eugène comenzó a seguirles, pero a una velocidad muy lenta, haciendo el menor ruido posible. Se movieron con prudencia para no ser vistos, siguiéndoles hasta la cercana isla Frégate, donde los pescadores pararon sus lanchas. De lejos, comenzaron a ver cómo los tripulantes comenzaron a sacar redes y a tirarlas alrededor.

—¡Llama ahora mismo! —dijo Pierre mientras contemplaba con sus prismáticos nocturnos.

—¡Espera! —dijo Eugène, revisando sus instrumentos marinos—. Mira el sonar. Hay varios peces que van en esa zona, incluso una ballena.

—¿Qué dices?

—O eso, o es un submarino. ¡Es como una ballena!

—Léa va a tener razón, ese equipo no está bien.

—Hay otro que viene a ochenta y un nudos hacia nosotros.

—¡Viene la sirena! Si hay algo más peligroso que el ser humano, eso es el mar. No llames aún, vamos a ver qué ocurre. Tengo la intuición de que vamos a ver un gran espectáculo.

Pierre encendió el motor de la lancha y lo ajustó a una velocidad muy lenta, para poder ir acercándose poco a poco a los pescadores hasta poder grabarlos con la cámara de video.

Tan importante como capturar a los pescadores ilegales era demostrar que estaban desarrollando actividades ilícitas, y para ello disponían de equipos que podían grabar incluso de forma submarina. Una vez que consiguieron una buena posición, detuvieron el motor y se agacharon mientras grababan.

En medio de la más absoluta paz, irrumpió una poderosa ballena jorobada de unos dieciséis metros, que pesaría unas treinta y seis toneladas. Se dirigió contra las lanchas de los pescadores furtivos y las embistió, llevándoselas por delante como un tren de mercancías a gran velocidad, tirando así a todos los ocupantes al agua. Todo el contenido no flotante de las lanchas se cayó al agua y se hundió sin remedio. Los motores se quedaron visiblemente dañados y las lanchas se quedaron boca abajo.

—Reconozco que nunca he visto hacer eso a una ballena —dijo Pierre—. Son de lo más pacífico que debe existir en el océano. Me recuerda a *Moby Dick*.

—Salvo que la directora de orquesta le haya dicho que cambie de obra musical —dijo Eugène.

Encima de las lanchas volcadas se subieron varias tortugas de especies verde y carey. La situación se volvió bastante cómica, porque las tortugas se habían puesto de acuerdo e impedían que los pescadores furtivos se pudieran volver a subir a ellas. Se habían apropiado de sus islas flotantes.

—¡Muérdeles! —decía Pierre, riéndose—. ¡No les dejéis que se suban!

—¡Qué vuelvan a nado por donde han venido! —dijo Eugène.

—A partir de este momento, esas islas flotantes pertenecen a las tortugas. Esto sirve para que aprendáis que ellas viven aquí, ¡vosotros no!

—¡Ahora falta el postre! —dijo Helena, apoyándose a babor de la lancha de Pierre y Eugène.

Ambos se tiraron al agua, de la alegría, para intentar abrazar a Helena. No podían contener la emoción, pero resultaba muy difícil abrazar a un pez, así que únicamente la podían acariciar. Después, se subieron a la lancha, incluida Helena, que dio un salto. Con su gran tamaño, casi tira a Pierre y a Eugène al agua.

—Aquí tienes tu traje de baño —dijo Eugène mientras mostraba la ropa colocada en una bolsa—. ¡Siempre supe que vendrías!

En cuanto se secó, ella se convirtió en humana y se colocó el traje. Inevitablemente, ellos se abrazaron a ella, llorando de alegría.

—Luego podréis abrazarme —dijo Helena, riéndose—. Ahora vais a ver la sorpresa que he preparado a esos depredadores. Por experiencia, esto que vais a ver, siempre ha dado mucho miedo a los seres humanos.

Pierre cogió una cámara de grabación y Eugène la otra. Helena hizo un sonido de llamada, y apareció inmediatamente un gran tiburón blanco, pero de un tamaño colosal, de más de doce metros.

—¿No habrás llamado a un megalodón? —dijo Pierre.

—¡No! —dijo Helena sonriendo. Pero es un gran tiburón blanco que tiene gigantismo y es tan grande como lo era el megalodón. Su vida se reduce a estar nadando tranquilo en las profundidades y pegar algún bocado para comer de vez en cuando. ¡Es un buen pez!

Tanto Pierre como Eugène no salían de su asombro. En cuanto el tiburón saltó a morder una de las lanchas, las tortugas saltaron y los pescadores furtivos entraron en pánico. Comenzaron a chillar y a nadar hacia la isla, mientras contemplaban cómo el enorme tiburón estaba haciendo trizas sus embarcaciones.

—¡Un megalodón! ¡Es un megalodón! —dijo uno de los pescadores.

—¡Eso es imposible! —dijo el experto de ellos—. Están extintos.

—Eso no es un tiburón blanco —dijo otro—, si mide cerca de catorce metros.

Creían haberse librado del problema, pero en cuanto se acercaron a las rocas, salieron las tortugas del agua y empezaron a morderles. Se empezaron a sentir acorralados.

El gran tiburón, que tenía una boca enorme, destrozó absolutamente todo lo que flotaba, igual que un perro puede deshacer una pelota de trapo. Después se dirigió tranquilamente hacia la lancha donde se encontraba Helena, sacó su gigantesca cabeza —intimidando a Pierre y a Eugène al ver a un tiburón del tamaño de un megalodón—, para que Helena acariciase su cuerpo.

—¡Gracias! —dijo Helena mientras el animal hacía un sonido—. ¡Eres uno de los mejores cazadores del mundo marino!

—¡Madre mía! —dijo Pierre en voz baja—. ¡Menudo bicho!

—Yo casi me estoy meando encima del miedo —dijo Eugène.

—No eres tú solo —dijo Pierre mientras se colocaba al lado contrario al que se encontraba Helena acariciando al tiburón.

—¡Tranquilos! —dijo Helena riéndose—. Él es igual que Goldie, como un perro.

—Prefiero a Goldie —dijo Eugène—, ¡gracias!

El terrible tiburón se fue; pero la terrible historia no terminó ahí. Desafortunadamente para los pescadores, aparecieron otras especies de animales que comenzaron a acorralarles en la isla, impidiendo que los pescadores furtivos pudieran escapar. Una vez bien colocados en las rocas, se percataron de que las tortugas estaban empezando a avanzar hacia ellos y los tenían acorralados.

—¡Es hora de llamar! —dijo Helena.

Pierre la dio la emisora, en honor a su trabajo realizado. Eugène asintió con la cabeza, mostrando que estaba de acuerdo.

—¡Buenas noches! —dijo Helena con voz firme—. Helena al habla, acabamos de capturar a los pescadores furtivos de tortugas. Están acorralados en la isla Frégate. Si las autoridades no vienen pronto, estos pescadores acabarán siendo devorados por las tortugas marinas.

—¡Buenas noches! —dijo Léa—. Es un placer oírte. Ahora mismo llamo, en unos quince minutos estarán allí las autoridades. Ya estaban preavisadas.

La policía llegó, dirigiéndose en primer lugar a Helena.

—¿Quién es usted? —dijo un policía—. No la conozco.

—¡Yo soy la vigilante del mar! —dijo Helena.

Índice